小さな音楽家はメロディが
お気に召したらしく、
「う～う～♪うちゃう～♪」
と身体を動かしている。
Illustration :
Ryou Mizukane

セシル文庫

平華京物語

～転生したピアニスト、プリティ皇子のママになる～

ありか愛留

イラストレーション／みずかねりょう

◆目　次

この作品はフィクションです。
実在の人物・団体・事件などに
一切関係ありません。

平華京物語

～転生したピアニスト、プリティ皇子のママになる～

◆序章　小さな天使と、ラウンジ・ピアニスト

(どうする？　両方買っちゃう？　それとも……)

吹き抜けの広場に巨大なクリスマスツリーを配したショッピングモールの楽器店。

スノーホワイトのダウンジャケットに身を包んだ細身の大学生、小野町秋斗《おのまちあきと》は、手にした楽譜を代わる代わる眺めては、ため息を零していた。特別な日のデートにぴったりの、バラード系の譜面を増やすつもりで来てみたら、他にも気になる楽譜を見つけてしまったのだ。

二冊とも手に入れるに越したことはないが、いかんせん予算には限りがある。

(父さんに贈るプレゼントだって、まだ買ってないのに)

美人と評判だった母親にそっくりの、黒目がちの大きな瞳を悩ましげに伏せる。

秋斗は有名私大の法学部に通う大学生だ。年が明けると二十歳になる。父親は国際線のパイロットで母親は看護師だったが、結婚と同時に寿退職。一人息子の秋斗を産んだあと、

持病の心臓病を悪化させてしてしまい、息子のランドセル姿を見ることなく天に召された。

そのせいか、秋斗は幾つになっても父親にべったりで、彼女とのデートよりも父親とのデートを優先しがちだ。

秋斗はただ、フライトで留守がちな家族との時間を大切にしたいだけなのに、やれ「親離れをし忘れた奴」だの「ファザコン王」だの、友人からは好き放題に弄《いじ》られっぱなし。

秋斗の並外れた美貌も、幾分、事態をややこしくしていた。透き通る白肌に通った鼻梁《びりょう》。くっきり二重の瞳に、仄《ほの》かに赤いセンシュアルな唇など、線が細いのは別として秋斗のルックスは学内でも最上クラスと評価されていた。

だからこそ「パパと連《つる》むなんて勿体《もったい》ない！」と、優しい祖母からも愚痴られる始末だ。

まあ、どう言われようと本人はまるで気にしていないので、当面、状況が変わることはないだろう。

でも、街が賑わうクリスマスシーズンに新しい楽譜は欠かせなかった。

というのも、秋斗のバイト先は中華街を見下ろす高層ラグジュアリーホテルの中ほどにある小洒落《こじゃれ》たバー。そこでピアノを演奏するのが秋斗の仕事だ。世間からは【ラウンジ・ピアニスト】とも呼ばれている。

もっとも、音大のピアノ科の学生にしてみたら、文系の秋斗など素人《しろうと》に毛が生えた程度で、芸術家を目指す彼らとは、所詮、住む世界が違うように感じる。

それでも、よくよく考えてみると――。

「音楽の父」と呼ばれるヨハン・セバスティアン・バッハは、宮廷や教会の【お抱えオルガニスト】であった。とりわけ、バッハは即興演奏を得意としており、サロンに集《つど》うハイエンドな貴族の好みに応じて、臨機応変に演奏を披露したと伝えられる。

つまり、彼は崇高《すうこう》な芸術家であり、器用な「職人」でもあったわけだ。

ゆえに秋斗は「ラウンジ・ピアニスト」という仕事に誇りを持って取り組んでいる。

少しでも腕を上げるため、日々の練習は欠かさない。クラシックは当然ながら、ジャズ、R&B《アールアンドビー》、ヘビメタにラテンに、ヒーリング系ミュージック……あらゆる音楽を可能な限り弾き込むよう努力もしている。

職人にしろ、芸術家にしろ「引き出し」は多いほうがよいと言うわけだ。

(……ってことは。やっぱ、これも買わないとダメ?)

『ピアノで弾こう！　TVアニメの超絶ヒット曲集！』と題された楽譜を数秒眺めてから、秋斗はレジに向かって歩きだす。

実は先日、こんな事件があった。

夜、彼女同伴で店に来たサラリーマン風の男性客から「鬼神《きじん》の剣、シーズン1のオープニング曲をお願いします」「あの……できれば、しっとりした弾き語り風で」と真顔でリクエストされてしまい、ぶっちゃけ、秋斗は肝《きも》を冷やした。

シーズン1だから無事に済んだが、実のところ、2の主題歌は覚えていなかったのだ。

人間、努力を怠《おこた》ってはいけない。

さらには、金も惜しむな、ということか。

「さて、何か、食べに行くかな」

レジで支払いを済ませて楽器店を出る。さっきスマホを覗いたら、まだ夕方の五時だった。バイト先のホテルには六時半までに入ればいいので、先に小腹《こばら》を満たすことにした。

外は雨が降っていて、遠くまで歩くのもかったるい。

ショッピングモール内のファスト・フード店で、低カロリーのハンバーガーを胃袋に流し込んだあと、秋斗はいつもの道で駅へと向かった。

外は、冷たい雨――――。

交差点に差し掛かり、赤信号で立ち止まる。信号が青に変わるのを確認してから、秋斗は歩を踏み出した。父へのプレゼントは何がいいだろう。ネクタイは散々贈ったから、今年はまるきり違うものがいい。でも、具体的には？　趣味で始めたというソフトテニスの、ラケットカバーはどう？

そんな事を考えながら横断歩道を渡っていた時、ふいに左側から眩しい光を浴びた。右折車のライトかもしれない。続いて、キキィィ――――ッと、かん高いブレーキ音が周囲に鳴り響く。跳ねられた秋斗の身体は大きく宙を舞い、やがて地面に叩きつけられた。生温かい血が傷ついた皮膚から流れ出るのを感じる。頭が割れるように痛くて、声すら上げられなかった。

(うそ……だろ？　まだ……)

まだ、父に渡すプレゼントを選んでいないんだ。
たった一人の、大切な家族へのプレゼント。
父は「そんなの、何でもいいよ」と笑うけど、何でもいいわけないよ。
絶対、今年こそ、父を心から喜ばせたいんだ。
だから、こんなところで事故るなんてあり得ない。
そんなの、困るよ、神様。
ねえ、そんなの、絶対に嫌だ！　嫌だ！
ねえ――――聞いてる？　か、み、さ、まああっ！

＊　＊　＊

「うわあああっ！」

よほど夢見が悪かったのだろうか。

自分の叫び声で目が覚めるなんて、生まれて初めてだ。秋斗は慌てて呼吸を整えた。まだ心臓がバクバクしている。

（でも、どんな夢だっけ？）

それが全く思い出せない。いや、思い出したところで夢はただの夢でしかない。そんなことより、今日こそ、クリスマス用の買い物を済ませなければ！

さっそくベッドから出ようとして奇妙なことに気付いた。秋斗が寝ていたのはベッドではなくて、一畳の畳の上だった。しかも、敷き布団に至っては中綿が詰まっているのかどうかもわからない、超薄っぺらな布団ときている。

「何これ……オレの部屋じゃない、んですけど……」

目をこすりながら辺りを見回すと、見慣れた景色ではないものが、部屋中に置かれていた。まず、部屋の広さはざっと十畳くらい。床は黒っぽいフローリングで、それ自体に問題はないが、天井には照明器具が一つもなかった。

その代わり、時代劇で見たような木製の燭台《しょくだい》が二つ、部屋の隅に置いてある。布団を置いた畳の向こう側は襖《ふすま》で仕切られており、その手前には豪奢な金屏風《きんびょうぶ》。部屋の左右に壁はなくて、代わりに竹で編まれた「すだれ」が床まで垂れ下がっている。

残る正面は「すだれ」じゃなくて「のれん」だった。床まで届く薄布が何枚も横に連なって、秋斗の視界を遮っていた。

とにかく、変わった部屋には違いない。

――カサカサ、カサッ。

「え？」

――カサカサ、ぷちんっ。

「だ、誰かいる？」

物音に気付いて立ち上がる。そこで再び目が点になる。

「なに……これ、浴衣《ゆかた》？」

秋斗が着ていたのは、なんと！　オフ白の浴衣だった。いつものパジャマじゃないのは無論のこと、いつどこで、こんなものを着たのかすら思い出せない。

それに髪も少し濡れている。浴衣は表面こそつるんとしているが、織《お》りが粗《あら》くて肌触りがイマイチだった。よくまあこんな格好で、ぐっすり寝られたものだと感心する。

「あーあっ？」

「え……？」

――――じゃらん、ぽろん、ジャン、ジャジャーンっ！

（は？　なに……それ）

秋斗の耳に届いたのは、確かに子供の声だった。声のあとに続いたのは、明らかに弦楽《げんがっ》器《き》の音だろう。それも悲鳴に近いような、なんとも聞き苦しい音なのだ。あの類《たぐ》いの音は、出そうと思って出せるものではない。

「……ったく。どこのどいつが、楽器に悪戯《いたずら》してるんだか！」

楽器のことになると俄然、頭が回り始めた。この際、浴衣はどうでもよくなってくる。裸でいるよりはマシだろう。

（それより、悪さをしてる犯人を捕まえなくちゃ！）

ふと思い立ち、秋斗は足音を忍ばせた。室内を幾度も見回してみたが、子供の姿は見当たらなかった。ということは、どこかに隠れているに違いない。

「子供ってさー。楽器の価値もわからないのに、平気で落書きするんだよな。おまけに、五千円もするサックスのリードで、スーパーのプリン食ってたり！」

過去の恨《うら》み辛《つら》みが、口の端から漏れ出てしまう。今思い出しても腸《はらわた》が煮えくりかえる思いだった。目標の金屏風に辿り着くと、秋斗は襖と屏風の隙間を目分量で見積もった。一メートルには満たないが、小さな子供だと二、三人は余裕だと思う。

——ぶちっ、びぃぃん、ガッガッ。

（うわ！　やめろって！　どうやったら、そんな奇怪な音が出せるんだよ！）

兎にも角にも、子供の行動は予測不能だ。しかも数十万は下らない高価な楽器ですら、彼らにとっては、ありふれた玩具でしかなかったりする。だからこそ、甘やかしてはいけなかった。

（よし、やる！）

深呼吸をすると、秋斗はガツンっと屏風を蹴り飛ばした。さらに一歩踏み出すと、犯人の前で胸を張り、仁王立《におうだ》ちになってみせた。

「こらっ！　楽器をおもちゃにするの、止めなさい！」

「ひゃ……っ」

「え……うそ……」

秋斗の足下に横たわっていたのは、背が低くて、やたらと横に長い楽器だった。埃《ほこり》よけの布で覆われているが、多分、琴だろう。本来は「箏《こと》」と書くが「お琴《こと》」という名称で知れ渡ってしまったため、箏と書く人はほとんどいない。その布の端っこが、僅かにめくれ上がっていた。カサカサという乾いた音は、犯人が布をめくる音だったのだ。

肝心《かんじん》の犯人はというと、楽器を挟んで向かい側にちょこんと座っていたのだが……。

「なに……この子……」

ちょー可愛いじゃん！

幼児と目が合った瞬間、秋斗は言葉を呑み込んだ。二十年近く生きてきて、ＴＶコマーシャルやＹｏｕＴｕｂｅ《ユーチューブ》で何人もの幼児を目にしてきたが、この子は特別だと感じた。他の誰よりも、ダントツ可愛いのだ。

歳は恐らく一歳半くらい。ふわっと明るい巻き毛に、くりっくりの瞳は甘いマロン色。睫《まつげ》なんかバサバサで、大きくなっても〝ツケマ〟の世話になることはないと断言できる。

服装は和服、いや、袴ロンパースとでも言うのだろうか。

浅葱色の着物はウエスト部分がブラウジングされて、たっぷりした袴の裾は動きやすいように絞られている。布の合わせ目に縫い付けられたポンポン飾りも愛らしくて、さながら五条の橋の牛若丸を思い起こさせた。

「ええと……」

でも、一歳児を一人きりにしていいのか？

（いや、よくないだろ、普通……）

「ね、ママはどこかな？　お兄ちゃんがママのところに連れてってあげようか？」

叱るつもりが、すっかり甘々になっている自分に気付いて思わず笑った。だが、男の子は全然笑っていなかった。栗色の丸い瞳は少しも秋斗を見てはいないし、小さな身体は魔法に掛かったようにピクリとも動かない。

まるで魂の抜けた『人形』みたいだ……。

あ。まさか――怖がらせ過ぎた？

そのせいでパニくって、固まっちゃったとか？

「え？　うそうそうそうそ！　しっかりしろーっ、子供！」

琴を跨《また》ぐなり、秋斗は精一杯、男の子を抱きしめた。抱きしめたり宥《なだ》めたり。時には肩をそっと掴んで優しく左右に揺らしてみたり。すると、凍り付いていた幼児の表情が次第にほぐれてくる。堅い蕾《つぼみ》がほんの少しだけ、花びらを広げてみせるみたいに。

「ごめんね、怒鳴ったりして。オレが悪かったよ」

「……」

「お詫《わ》びの印にお兄ちゃんが、これを弾いてみせよっか。きみ、ほんとは楽器が好きなんだろ？」

琴にはさほど馴染みがないが、触れたことがないわけでもなかった。にんまり微笑むと、秋斗は幼児を抱き上げて自分の隣に座らせる。楽器のカバーを一息にめくってみると、

「わっ！　これって、七弦琴《しちげんきん》じゃん！」

突如、秋斗の目がキラリと輝く。秋斗の様子をこっそり覗き見ていた幼児の瞳も、つられてキラリと輝いた。

「そーかそーか、七弦琴か。どうりで琴にしちゃー小ぶりだなって、オレ、思ったんだよなぁ」

「……こ、ちゃ？」

――説明しよう。

七弦琴は別名『古琴《こきん》』とも呼ばれて、古代中国で盛んに奏でられた楽器である。貴族の間では古琴が弾けないとバカにされたので、皇帝も臣下も真剣に練習に励《はげ》んでいたらしい。

また、古琴と一般の琴の違いは大きさと弦の数だった。琴の胴体の長さは百八十センチ前後で、弦の数は十三本。古琴はもう少し小さくて、胴体の長さは百三十センチほど。弦も七本しかないが、その音色は十分に奥深いものがあった。さらに言うと、琴には琴柱《ことじ》と

いう調律用の小さな柱が弦ごとに嵌めてあるが、古琴にはそれがない。

よって、演奏方法についても両者の間では大きな違いが――。

「ま、そんなの、どうでもいっか」

「……ちゃ！」

「曲は何がいいかな……明るい曲がいいよね？」

にっこり笑い掛けると、幼児はぷっくらした頬を僅かに赤らめた。

マジ、で、可愛い――。

「えとねー、これはぁ、こうやって鳴らすんだ」

優しく語りかけてから、秋斗は弦の上にそれぞれの指をかざす。秋斗が楽器に詳しいのには理由があった。

昨年他界した祖母は音楽大学の教員をしていた。専門が音楽史だったこともあり、祖母の家には世界中から掻き集められた楽器が、所狭しと並んでいた。秋斗がピアノを始めたのも祖母の影響だと言える。

中でも、古琴は秋斗のお気に入り。弦の数が多い分、華やかな印象を与えるのは琴なのだが、琴は琴爪を使って音を出すため、どうしても硬質な音が出てしまう。音の頭を意識して聞いたらわかるはずだ。その点、古琴は人の指で鳴らすもの。指の腹を使って弦を弾《はじ》いたあとの、あの伸びやかな余韻が秋斗にはたまらないのだ。

「ちょっと待ってね、調弦を先にして……と」

一本一本、弦を指で弾きながら、右側面のネジでおおよその音の高さを合わせる。

「よし。じゃあ、行ってみようか」

「……みよ、よ！」

名前も知らない小さな子供が嬉しそうに復唱する。秋斗は浴衣姿であぐらを掻くと、膝の上に古琴を乗せた。コンパクトな古琴には、こうしたメリットもある。

――ポロン、ポロン。

出だしは優しく、ゆっくりと。

――ポロン、ポロォン、ポロロォォン。

さあ、始めるよ。

「……サームウェイ、オーヴァー・ザ・レインボウ……」

選曲は映画の『オズの魔法使い』で有名な「虹の彼方《かなた》に」。小声で口ずさみながら、右手で旋律を奏でていく。時折、伴奏を入れ込んだりして、曲の調べになだらかな抑揚《よくよう》をつけてみる。

（さて、彼の反応はどうかな？）

手を動かしたままで、隣の幼児の様子をうかがった。小さな音楽家は「虹の彼方に」のメロディがお気に召したらしく、「う〜う〜♪　うちゃう〜♪」と鼻歌交じりで気持ちよさげに身体を動かしている。

（……ほんと、可愛いなあ）

最後の小節がゆっくりフェードアウトする。男の子は暫《しばら》くぼんやりと古琴を眺めていたが、そのあと、くるりと秋斗に向き直った。

「楽器はね、心を込めて弾いてあげること。そしたら、ちゃんと応えてくれるからね」

「……ひにゃ……こちゃあ、しゅ……き」

「きみ、琴が好き？」

「……！」

「え？」

好きか？　と尋ねただけなのに、幼児はビクッと身体を震わせる。そのあと、おもむろに立ち上がると、ぱたぱたと危なげに走り出して金屏風の裏に隠れてしまった。

好き？　って聞いただけなのに。

「まーとりあえず、あの子のママを探してみるか」

秋斗も立ち上がって、布製のカバーを再び古琴に被せる。

それにしても、ここは誰の家なんだろう。なぜ自分はこの部屋で寝ていたのか。どうしても思い出せない。覚えているのは雨の中、クリスマス用の楽譜を買いに出たこと。

(えっと。そのあと、どうしたっけ?)

記憶を辿ろうとすると、頭がズキズキと割れるように痛む。

「――陽太丸《ひなたまる》は、ここか」

ふいに、男の声がした。低くて甘い艶のある声だ。

《ひなた、まる。ひなたまる。ひなたまる――》

今度は耳の奥で、か細い声が聞こえたような気がした。ああ、そうだ。あの子の名前はひなたまる。陽に太いと書いて「ひなた」だ。

(でも、どうして漢字までわかったんだろう……)

小首を傾げていると、長身の男が「のれん」をめくりながら入ってきた。男性の服装はスーツでもジーンズでもなくて、黒っぽい色の和装だった。さっきの子供もそうだが、彼らの身なりは源氏物語に出てくるような、平安時代の貴族を連想させた。現代なら即位式なんかで天皇陛下が着る着物と言ってもいいだろう。

(しかも家の中なのに。帽子、被ってるし)

冠《かんむり》だか烏帽子《えぼし》だか、歴史の授業で習ったのはそんな名前だったように思う。

「そこの、おまえ。おまえに聞いている」

「えと、オレ?」

初対面の割にずいぶんと横柄《おうへい》な男だ。秋斗が無言で睨み返すと、倍以上の目力でもってガンガン睨み返された。

「おまえ。その髪は何だ」

「おまえ、じゃなくて、オレは小野町秋斗ですけど」

「ああ、なんと見苦しい。そのように不埒《ふらち》な格好で、朕《ちん》に話しかけるなど呆れて物が言えぬ。気分が悪い。さっさと下がれ《く》」

「は?　見苦しい?」

相手の高飛車な態度にムカついた。この髪は原宿で人気のヘアサロンで先月カットしたばかりだった。時代劇の衣装みたいな帽子を被った男に、ケチをつけられる筋合いはない。

だが――――この、傲慢オーラ全開オトコ。

黙って立っているだけなら、イケメンと言えなくもなかった。歳は二十五、六といったところで、肩幅の広いアスリート体型だ。背広を着たらさぞかし見栄えがするだろう。

身長百七十の秋斗が見上げるくらいだから、相手は百八十五を下ることはないと思う。

顔立ちも端正で、それぞれのパーツが憎らしいほど秀美だった。高い鼻梁と直線的な眉は勇猛さを感じさせた。切れ長の双眸《そうぼう》は甘美な輝きを放つスモーキークォーツに似て、自然と視線が吸い寄せられてしまう。

（でも、まあ、オレの父さんのがもっとイケてるけどね）

さらに観察してみて分かったが、長い睫の生え方がさっきの子供によく似ている。瞳の色にしても二人とも明るい茶水晶だ。いや、でもまさか……。

「あの、もしかして」

「今し方、琴を弾いていたのは、おまえか」

「うん。そうだけど」

話の腰を折られてしまうも、事実なので頷いた。すると、

「……赤の他人の分際《ぶんざい》で、余計な真似を」

男は突如、太い眉を吊り上げた。今にもブチ切れそうな、鬼面《きめん》さながらの形相《ぎょうそう》で睨まれた時はさすがに視線をそらしかけたが、別に悪いことをした覚えは無かった。だから、秋斗は目をそらしたりはしない。

「か、髪型くらいで、オレを殴るんですか！」

「そこをどけ」

「え……」

「下がれ、と言っている！」

「なっ、なんだよ！」

だが、鬼面男は秋斗の前を素通りすると古琴のカバーを乱暴にめくり上げた。次に腰から短刀のようなものを引き抜くと、張られた弦の上に躊躇《ちゅうちょ》なく振り下ろす。

「バカ！　や、やめろって！」

だが、秋斗の言葉は届かなかった。ビィィ――――ンと弾けるような音がして、切断された弦が根元まで巻き戻る。あの勢いなら胴体の龍甲《りゅうこう》にも傷が付いたに違いなかった。

「……し、信じられない……どうして……」

「下がれと命じたのに、なぜ、そうしない」

「そんなの、こっちが聞きたいよ！」

琴の弦を切るなんて……それも、刃物で切りつける奴がいるなんて！

悪い夢を見ているみたいだった。切れた弦はまた張り替えればいいが、そういう問題ではない。楽器職人が時間を掛けて丹精《たんせい》込めて作ったものを、悪意をもって壊すこと自体、れっきとした犯罪だ。芸術への冒涜じゃないか。

（許せない！　絶対！）

だが、相手は何事もなかったように踵《きびす》を返そうとする。

「ちょっと、待てって！」

　思わず相手の袖を掴んだ。振り向いた眼差しは氷のように冷たい。てっきり怒鳴られると思ったのに、冷たい目をした鬼面男は秋斗を怒鳴るどころか、むしろ嘲《あざけ》るような笑みを浮かべてみせる。

「ああ、なるほど。きさまであったか」

「はあ？」

「おまえが噂の【式部《しきぶ》の少丞《しょうじょう》】であろう。弟から大方の話は聞いているが、まさか、これほどの不埒者だったとはな」

「ちゃんと、元通りにしてください」

「なに？」

「だから、元通りに直せって言ってるんだ」

「こやつ……誰に向かって！」

　男の右手が刀の束を握るのが見えたが、ひるむつもりは毛頭なかった。その時、

　――コンコン、コンコンッ。

　どこかで木片を叩く音がする。

（はっ……もしかして！）

慌てて目線を下げると、陽太丸が何食わぬ顔でちょこんと座っているではないか。

「ひ、ひなた……っ」

――コンコン、コンっ。

陽太丸は小さな拳でもって古琴の表面をコツコツ叩く。そのあと、壊れた古琴に自分の耳をぴたりと押し当てて、中から音がしないか、確かめるような仕草を繰り返す。

「……こちゃあ、……へーき？」

まん丸お目目の愛らしい天使が、しゃべれない楽器にそっと呟く。

「琴が平気か、って……」

平気じゃないよ。琴は弦を張らないと音が出ないよ。

でも、誰かさんが弦を切ったから。だから……。

「……れいん、ぽー。う～う～」

――カッカッカッ。

今度は、弦のない琴の龍甲を短い指で弾いてみせる。「虹の彼方に」で秋斗がやってみせたのを子供なりに真似ているのだとすぐに分かった。

ふいに、目頭が熱くなる。腹が立つ以上に、悲しくて切なくてやりきれなかった。

「オレが……オレが、すぐに直すから！」

言うより先に、身体が動いた。冷えた床から陽太丸を抱き上げると、秋斗は何度も彼の髪を撫でた。ここで何が起きたのか、幼いこの子はまだ知らずにいるだろう。でも、茶水晶の大きな瞳はまっすぐ秋斗を見つめている。だから、秋斗も応えたいと思う。

「何処の誰かは知りませんけど、もう修理しなくて結構です。だいたい子供の前で刃物を振り回すような大人は信用でききな……」

振り返ると、男の姿が煙のように消えていた。

「な……何なんだよ、その横柄な態度は！」

いったい何様だ？　どこまでも失礼な男だった。だが、もう忘れよう。

ああいう手合いは、忘れるに限る。

（あれ？　寝ちゃった？）

気が付くと、陽太丸は秋斗の腕の中ですやすや寝息を立てていた。あいにくベビーシッターの経験はないが、この子を抱いていると子守も悪くないと思えてくる。

秋斗は畳のベッドまで戻ると、ぺたんこ布団の上に陽太丸を下ろした。薄っぺらだが、床の上に寝かせるよりはマシだと思った。

でもまだ、ここが誰の家なのかわからない。人を探しに行きたいが、

（でも、ひなたを置いていくわけには……）

目が覚めた時、ひとりぼっちでは泣き出すに決まっている。このまま部屋に残り、事情を知る人が戻って来るのをただ待つしかなさそうだ。秋斗が諦めかけた時、バタバタと廊下を走る音が聞こえた。

「陛下！　お待ちください、ねえ、兄上！」

人の声がしたと思うと、その足音は徐々に近づいてきた。

「……ああ、もう。僕はどうすれば……」

足音が部屋の前で止まった。のれんの隙間から現れたのは、また別の男性だった。目の覚めるようなターコイズブルーの衣を着て、やはり黒い帽子を被っている。

だが、歳は若そうだ。身長も秋斗と同じくらいでさっきの鬼面男とは対照的な甘いルックスをしている。目鼻立ちもくっきりとして、男性トップアイドルにも引けを取らない華やかさを持ち合わせていた。

「あの、すみません」

思い切って声を掛けたら、男は驚いたように振り返った。

「まさか、朝露《あさつゆ》の君？」

「えと、あさつゆって？」

《宇月親王《うづきしんのう》……うづきさま、殿下……》

また、例の細い声がした。うづきとは彼の名前だろうか。

「わ！　気が付いたんだね、よかった！」

「ええと、はい。宇月さん」

よし！　この人なら、ちゃんと事情を知っていそうだ。

「オレもほっとしました。なんか、オレ、わからない事だらけだし。それで、この家はあなたの……」

尋ねようとした矢先、目の前の肢体がぐらりと揺れた。支えようと試みた秋斗もうっかり足を滑らせて、ぺたんと床に尻餅《しりもち》を着いてしまう。

「そうか……これで、当家は安泰《あんたい》……安常処順《あんじょうしょじゅん》、ようやく僕も普通に眠れそう……」

（うそだろ、おい！）

青白い顔に笑みを浮かべながら、宇月は眠ってしまった。物音を聞いた陽太丸が眠い目をこすりながらやってきて、秋斗の足下でコロンと身体を丸める。まるで猫みたいだ。

「ちょ、そんなとこで寝るなって。風邪ひいたら……」

だが、そういう秋斗の瞼も次第に重くなってきた。床に背中をくっつけると瞼が勝手に閉じてしまった。隣では小さな天使が寝息を立てている。この子のためにふわふわの毛布かタオルケットを探しに行きたいが、今は起き上がれそうにない。

ここが何処で、どうして浴衣で眠っていたのか。あの横柄なイケメン烏帽子オトコは、なぜあんな風に古琴を壊してしまったのか。

知りたいことがたくさんある。それに今は冬のはずだ――それなのに。

部屋中が甘い沈丁花《じんちょうげ》の香で満たされていくのを、秋斗は微かに感じていた。

◆1 平華京と、紅蓮《ぐれん》の池と、陰陽師《おんみょうじ》

耳もとで悲しげな声が聞こえる。

すすり泣きのようにも聞こえるが、周囲には真っ白な霧が立ち込めて状況がさっぱり掴めない。

——嫌でございます。わたくしには、心に決めた方がいるのです。

——息子よ、無理を申すでない。すでに賽《さい》は投げられたのだ。運命には逆《さか》らえぬ。

——いいえ、いいえ！　まだ諦めるわけには参りません。わたくしの命に代えても、あのお方をお守りしなければ……！

——これ、待ちなさい！　暁人《あきと》！

言い争っていたのは見知らぬ親子。やがて目の前の霧《きり》が晴れてくると、回廊式の庭園の中ほど、風雅な桜の木に囲まれた大きな池が見えてきた。その池に身を投じようとする青年がいる。見た目の年齢も背格好も、寂しげな横顔さえも、なぜか自分にそっくりだった。

真冬の雪原のような純白の衣を纏った青年は、腰まで伸びたまっすぐな髪を左の手に掴むと、右手に握った短刀でためらうことなく切り始めた。黒い髪の束がパラパラと湿った地面に落ちていく。その様を見届けると、彼は素足のまま冷たい池に入っていく。朝日は東の空に昇ったばかりだった。

――おい、止まれって！　死ぬ気か？　青年っ！

必死に叫んでも秋斗の声は届かない。やがて青年の華奢な肢体が深い池の底に沈み始める。纏わり付く水のせいで苦しくて息が出来ない。

そう……薄れていく意識の中で、唐突に気付いた。池で溺れているのは彼じゃない。自分だった。どうしてこんな目に遭ってるんだろう。どうして大学生の自分が、入水自殺などしようとするのか。

――ごめんなさい。許してください。わたくしではダメなのです。

耳もとで悲しい声がしたが、苦しくて何も考えられなかった。いくらもがいても煌めく水面が遠くなる。大好きな父の顔がどんどん遠ざかっていく……。

――お願い。わたくしに代わって、どうか、あのお方を守って差し上げて……。

「――――……ちゃ？」

「ん……」

「ちゃ！　こーちゃっ、おっき！」

「……はら減った……ピザ食べたい……ふ、ふぇっくしゅっ！」

「ひゃああ！」

（……ん？）

パタパタっと小さな足音が遠ざかって行く。深い眠りから目覚めた秋斗は、寝ぼけた頭を懸命に働かせつつ記憶をたぐり寄せる。

「こちゃ」＝「琴」だから、今のは陽太丸かもしれない。

「ひなたぁ……どこ？」

あれから、どのくらい眠っていたんだろう。

（霧とか池とか、妙な夢を見た気がしたけど……）

はっきりとは思い出せない。身体を起こして、ぐるりと辺りを見回してふと気付いた。

いつの間にか、ただの畳が『天蓋付きベッド』に変わっている。と言っても、ロマンチックなレースやアンティーク調の飾りなどは一切なくて、半透明の布が四方に垂れ下がっているだけなのだが。

「しかも、畳は畳のままだし」

スプリングの効いたマットレスを敷かない理由を知りたいと思う。ついでに照明器具が見当たらない理由も聞いてみたかった。

（それに、なんか暗いと思ったら、あのすだれが邪魔なんだ）

他人の家ではあるが、部屋が暗すぎるのは好きではなかった。取り外せるか試そうとベッドから這い出ると、問題のすだれを押しながら小柄な男が入ってきた。

白髪交じりの頭に黒い帽子を乗せて、着衣の色はくすんだ茶色。左手には重そうな真四角の木箱を提げている。

「お目覚めでしたか。お加減はいかがでございますか？」

愛想よく笑うと、男は秋斗を畳の縁に座らせて脈を見始めた。どうやら医師のようだ。

「ふむ。かなり気が弱っておられる。まあ、あんな事があったあとですからな。しばらくは薬湯《やくとう》をお飲みください」

「あんな、こと……？」

言われてみると古琴の件はショックだった。大事な弦を切った『粗野で横柄でドSの帽子男』に腹が立ったし、ストレスも感じていたと思う。

（そっか。宇月さん、オレを心配して医者を……）

とても優しい人なんだ。心の中で感謝しながら秋斗は今の状況を確かめる。

「それで、宇月さんは、どうしてますか」

「はい、親王殿下は左大臣家に招かれて、宴《うたげ》の最中です」

しんのうでんか？

「じゃあ、陽太丸は」

「皇太子殿下は今ごろ、お勉強の真っ最中でございましょう」

なるほど、左大臣の次は皇太子と来た。一風変わったインテリアや衣装から察するに、この家の人たちは平安時代をイメージした「ゲーム」でもやっているのだと思う。

相手がすんなり答えてくれるので、秋斗は質問を続けることにした。

「じゃあ、もうひとつ、聞いてもいいですか」

「ええ、もちろん」

「このイベントは、誰の発案なんですか？」

「はい？」

「つまり、これって『源氏物語ごっこ』でしょう？　みんなでコスプレし合って、誰が一番それっぽいかーとか、そういう感じ？」

「こす、ぷれ……」

「うん。例えば先生が持ってる木箱。普通はドクターバッグを使うのに……さすが、役になりきってますね。これってアンティークですか？」

秋斗なりに誉めたつもりが、どうも伝わらなかったらしい。

白髪の医者は青ざめた顔で「こここ、これは紅蓮池の祟《たた》りに違いない……間違いない……」と、意味不明な言葉を呟き始めた。

「先生、顔色悪いけど、大丈夫？」

「わっ、私は、だだだ……」

「あ、それと、オレのスマホ！　返してほしいんだけど、先生、宇月さんから預かっていませんか」

「ひっ！」

少し前のめりになっただけなのに、医者は顔を引き攣らせて後ずさりしてしまった。

「これ以上は聞くな！」と、はっきり顔に書いてある。

「でも、大事なスマホが……」

「やあ、朝露の君！」

その時、タイミングよく宇月がやってきた。今回の出で立ちは白ベースの衣に赤や黄色の野花を刺繍した春らしい装いだった。無論、例の烏帽子も忘れてはいない。

「左大臣の家に招かれて行ってみたんだけどさ。どうやら、末娘を僕に嫁がせたいみたいでさー。魂胆《こんたん》が見え見えだし、帰ってきちゃった」

宇月はすこぶる元気そうで、目が合うと明るく微笑んでくれた。

（ほぼ初対面なのに……ほんと！　いい奴だな、宇月って）

秋斗は浴衣姿のまま腕を組むと、深く頷いてみせる。

「先生、ご苦労様。あとは僕に任せて」

「でででは、すすすぐに薬湯をっ……」

早口で言うと、医者は振り向きもせずに帰っていく。

「それでね、朝露の君」

「ん？　なんですか」

「折り入って尋ねたいんだけど……すまほって、何だい？」

「え、は、はあっ？」

「それで、すまほって？」

「だから、簡単に言うと電話なんです。いや、パソコンっぽい電話かな。宇月さん、本当にスマホ、持ってないの？」

「じゃあ、でんわって何だい？」

「え……いや、電話は……知ってるでしょ？　知ってるよね？」

「それ、唐《とう》にあるやつ？」

天蓋付き畳ベッドとアンティーク調の文机《ふづくえ》に、のれんを垂らしたパーテーションが置かれた広い部屋の中――。

力の限りを尽くしてみたが、宇月にはまるで通じなかった。当の宇月も何かが変だと気付いたのだろう。先ほどの医師に話を聞くと言い残し、不安げな様子で出ていった。

ちなみに、この部屋は『桐壺《きりつぼ》』という名前だそうだ。和名を付けるとは、どことなく老舗《しにせ》の旅館みたいだ。

彼を待つ間、秋斗も平安チックな衣に着替えることになった。内心では遠慮したいが、診察までしてもらった手前、やはり断れない。

用意された「直衣《のうし》」とかいう衣は、薄い藤色に小花を散らした優雅なもので、黒くて小さな帽子もセットになっていた。通常、帽子は結った髷《まげ》の根元に固定するそうだが、あいにく秋斗の髪は短くて自前の髷が結えなかった。でも、そこは手慣れた使用人だ。細い針金を細工してアメピン代わりにするなど、どうにか形になるよう被せてくれた。

それにしても、この不思議な屋敷は、何人分の着物をストックしているのだろう。

（まあ、オレには関係ないか）

ただ、どうしてもスマホは必要だった。駅前の楽器店に寄ってから、少なくとも一日は経過している。幸《さいわ》い父はフライトで留守だが、ホテルには連絡を入れておかないと、秋斗はこの先、仕事を失う羽目《はめ》になる。一度失った信用は、取り戻すのが大変なのだ。

畳の上でやきもきしていると、ようやく宇月が戻ってきたが、アイドルばりの華やかな顔には苦悩の色が浮かんでいる。

「まずい。まずい状況だよ、これは」

開口一番、宇月が天井を仰いだ。近くに行くと、真剣な眼差しで見つめ返される。

「朝露の君、ほんとに何も覚えていないの？」

「覚えてるって、何を」

「君は式部省《しきぶしょう》に務める役人だってこと。それと、君が池で溺れて死にそうになったことだよ」

「え……何言って……」

池で溺れた――だって？　まさか、そんなのあり得ない。

家の近所に池なんてないからだ。それに、楽譜を買いに行ったのは、ちょうどクリスマスシーズンだったからで、自分はお気に入りのダウンを着込んでいた。

でも、庭先から漂ってくる香りは、どう考えても沈丁花の花――。

「変だ。いつの間にか春になってる」

いや、そんな珍事はタイムスリップや異次元ワープでもしない限り起きないし、そもそも、それ自体が架空の話じゃないか。

「絶対、変だよ、何かがおかしい……」

「わかった。それじゃあ、こっちに来て」

秋斗の腕を掴んだ宇月がすだれを大きく押しのける。途端に、見たことの無い景色が目の前に広がった。

（うわ、めちゃくちゃ広い……）

秋斗が立っている場所は、屋根付きの長い廊下だった。その先に平屋建ての木造の建物が何棟も並んでいる。敷地面積は相当なものだろう。それに、屋根のデザインが神社や仏閣によく似ていた。こんな旅館は見たことがなかった。

「どう、思い出した？」

「いや、特には何も」

首を大きく横に振ると宇月はがっかりした顔をするが、嘘を吐いても仕方が無い。混乱しているのは秋斗も同じだ。すると、

「じゃ、これでどう？」

ポンっと背中を叩かれる。叩かれた場所がじんわりと熱い。

（え、なに、これ！）

急に立ちくらみがして、秋斗はその場にへたり込んだ。頭痛が酷くて周囲の音が聞き取れない。しかも背中はどんどん熱くなってくる。まるで見えない炎に焼かれるみたいだ。

「……せ、なか……あつ、熱い！」

「あ、朝露の君！　しっかり！」

宇月の手が背中に触れた。ふいに身体が軽くなって呼吸がずいぶん楽になる。

「朝露の君、マシになった？　ほんとに平気？　なんともない？」

「え？　あ、うん。どうにか……」

火傷《やけど》しそうな熱さだったのに不思議と痛みはなかった。だが、さっきの現象は何だったんだろう。欄干《らんかん》に掴まると、どうにか立ち上がることが出来た。不安そうな宇月に向き直

った時、彼の右手に目が留まる。

彼の手でクシャクシャに握りつぶされた、薄くて白い紙きれに————。

「それ、《陰陽寮》《おんみようりよう》の護符《ごふ》だ。ちがう？」

「え？」

「右手に持ってる紙。なにか、特別な護符に見えるけど」

「そ、そうだ！　そうだよ！」

秋斗の言葉に宇月が反応する。よほど嬉しいのか、人目など気にせずにそこら中を飛び跳ねるほどだった。

「ぱっと見ただけで、よく気付いたね！」

「こんな物騒《ぶっそう》なものを作るの、《陰陽寮》くらいだし。でも、希代の陰陽師でないと、こんな凄い護符は……」

（今————オレ、なんて言った？）

声に出してから気付いた。身体が小刻みに震え出すのがわかる。

（でも……陰陽寮って……）

確か《陰陽寮》は【平華京《へいかきよう》】の大内裏《だいだいり》に置かれた行政機関の一つだった。

【平華京】は日本国の首都で、言ってみれば東京と同じ。大陸の唐に倣《なら》って造られており、左右対称の整然とした町並みが特徴的だ。これは「平安京」を思い浮かべたら分かりやすいだろう。

【大内裏】と呼ばれる一角は、行政機関を集めた場所で「霞ヶ関」のようなもの。天皇陛下を頂点に公卿や下級貴族が行政を担っている。

《陰陽寮》は天文、気象、暦《こよみ》の編纂をする機関だ。

だが、その一方で占いや予言も行っていた。『陰陽師』は霊力が非常に高いため、その能力を活かして悪霊を追い払っている。非科学的な話だが、平華京の中ではそうなのだ。

（だけど、なんでいきなり、わかったんだろう）

恐らくあの護符のせいだが、念のため、

「ねえ、宇月さん」

「あ、あのね、護符は〝ある人〟から預かったんだ。君に何かあったら使うようにって」

「ある人……って……」

また、強烈な頭痛に襲われた。ギュッと目を閉じると、大好きな父の顔や学校生活の思い出が走馬灯《そうまとう》のように頭をよぎった。

「ちがう、オレ……大学生だ。父さんはパイロットで、お土産《みやげ》は欠かしたことがなくて、オレはホテルのバーでピアノを……」

「あ、朝露の君……！」

「……ごめん、オレ……混乱してる」

「僕がちゃんと説明するから一旦戻ろう。ねっ、それでいいよね？」

「うん……わーった。そうしよう」

宇月の言葉に頷いた。平華京だの護符だの、桐壺だの、もう何が何だかさっぱりだ。知恵熱も出そうなので、さっさと引き返そうとした時、

「まあ、殿下！　宮殿中を探しておりましたのよ！」

ヒステリックに怒鳴り散らす女性の声が、秋斗らを直撃した。

「こんなところでウロウロと！　また、北の御殿まで行かれるおつもりですか！！」

「この間も、近衛府《このえふ》の者に迷惑を掛けたばかりなのですよ!?　今度という今度は、許しませんからねっ！」

金切り声の主は複数の女性。しかも当面は止む気配がなさそうだった。あまりの騒々《そうぞう》しさに業《ごう》を煮やした宇月が、眉を顰めて悪態《あくたい》をつく。

「ああ、もう！　またあの人たちだ。近所迷惑にもほどがあるっての！」

「あの人たちって？」

「あの三人組は陽太丸の教育係なんだよ。名家で知られる高階《たかしな》家の三姉妹。まあ、僕は

《鬼ばばトリオ》って呼んでるけど」

「うそ！　ひ、ひなたの？」


「オレ、ちょっと行ってくる」

「え……朝露の君！　待って！」

そうだ。うっかり失念していたが、ベッドで目覚めた時に陽太丸の気配を感じた。夢ではなくて、実際にあの子の声を聞いたのだ。

この前は「バイバイ！」「またね」も言えなかった。それでわざわざ会いに来てくれたとか？　なのに自分は寝てばかりで、陽太丸に寂しい思いをさせたのかも……。

（あんないい子を、公衆の面前で怒鳴るなんて！）

陽太丸を見捨てるわけにはいかない。そういえば、女性たちの声は【内裏】の南方から聞こえた気がした。

そう。まず、状況を整理すると、

【内裏】とは、大内裏の中にある天子《てんし》さま専用の住居である。唐風、あるいは西洋風に宮殿と呼んでもいいだろう。この場所で国の重要な式典が行われるわけだが、皇居と異なるのが『後宮《こうきゆう》』の存在だった。

『後宮』は江戸時代の大奥と同じで天皇の正妻や側室を住まわす場所。家の格によって《弘徽殿《こきでん》》《藤壺《ふじつぼ》》といった御殿が与えられ、南に行くほどよいとされる。

その理由は、天皇、いわゆる帝のご寝所である《清涼殿《せいりようでん》》により近くなるから。ちなみに、秋斗が寝ていた《桐壺》という部屋は内裏の最北に位置していた。

最北とは、最下級の〝日陰者《ひかげもの》〟――――。

まあ、そんなわけで、もしも陽太丸が後宮にいるとするなら、ここより南の方角に違いなかった。

「宇月さん、ひなたの親って誰ですか？　右大臣、左大臣？　中務卿《なかつかさきよう》？　それとも」

「誰って天子さまだよ！　思い出せない？」

「うん……どうやら、そうらしい」

もどかしさを感じつつ長い渡殿《わたどの》を足早に歩いた。「のれん」は几帳《きちよう》、「すだれ」は御簾《みす》。

「渡り廊下」は渡殿だと今では理解できるのに、思い出せない事柄の方が多そうだ。

やがて《弘徽殿》の手前に来た時、アーチ状の渡殿で三人の女官《によかん》を見つけた。女官とは宮中に仕える女性の役人を差している。ただ、役人と言っても国家公務員クラスだから容姿、才能に加えて家柄もよい。実際、「単《ひとえ》」と呼ばれるほっそりした着物に白のストールを羽織った彼女らは、いずれも偉そうにふんぞり返っていた。

「よろしいですか、殿下。民の上に立たれる以上、身勝手な振る舞いは許されません」

「その通りです。なのに、先日に引き続いて今日もズルをされるとは」

「まったくです。玉座《ぎょくざ》におられる父君もですね、ご幼少の頃は、それはそれは大変な努力をなさって……くどくど、くどくど」

だが、大人に囲まれているせいで小さな陽太丸の様子が見えなかった。しくしく泣いているのではと思うと気が気では無い。

「あ、待って、朝露の君！」

踏み込もうとする秋斗を、後ろから宇月が押し止める。

「あの三姉妹の実家は、曾《そう》祖父母の代から『皇室の教育係』を担《にな》ってきた名家でね。家の格もそれなりだし、任命したのは天子さまだから。十分に気をつけて」

「うん」

つまり、三人組は皇室の信頼を得ている。天皇陛下のお墨付きがある以上、よほどの事が無い限り外野は口を出したくても叶わない。では、身内ならどうだろう。

「だったら、ひなたの母親は？　母親なら」

「皇后《こうごう》陛下は、陽太丸を産んだあとに亡くなられたよ」

「そんな……」

片親なのだ。早くに母を亡くした自分と同じだ。しかも、そんな大切な事柄まで思い出せないとは、自分が情けなすぎて腹立たしかった。

「オレ、何も覚えて無くて……陽太丸に申し訳ない」

「いや、僕だって陽太丸の叔父だ」

責任を感じていると、宇月が続けた。

「あの子が泣き出したら、すかさず現行犯で捕まえるつもりでいるよ？　だけど、当の陽太丸がね……」

「ひなた、泣かないの？」

「うん。あの子が泣いてるの、誰も見たことがないんだよ」

「え！　まさか！」

「もう、ずいぶん前からそうだと思う」

そんな――子供が泣かないなんて聞いたことがない。そもそも、赤ちゃんは言葉を話せない。だから、泣いたり笑ったりして相手に気持ちを伝えるのだ。言葉にならない自分なりの思いを理解してもらえるまで。

——秋斗もね。そりゃあ、パパを困らせて大変だったよ。

祖母はそう言ってよく笑ってたっけ。

「とにかく、止めてくる」

泣かない状況は気掛かりだが、今は陽太丸を《鬼ばばトリオ》の魔手から救い出すのが先だった。秋斗は単身、敵陣へと斬り込んでいく。

「あのー、他でやってもらえません？　うるさくて仕方ないんで」

「はあ？」

「誰がうるさいですって？」

三人の女官が一斉に向き直る。歳の頃はアラサーで姉妹とあって顔立ちはよく似ていた。特筆すべき美人ではないが、上品なメイクは好印象だ。それでも陽太丸を虐める奴らは秋斗の敵に変わりなかった。鬼ババを無視すると、秋斗は陽太丸を必死に探した。

「……こ、ちゃ……？」

「ひなた！」

「……う、うにゅう……」

（よかった！　見つけた！）

青葉色の着物を纏った陽太丸は、秋斗の直衣の裾をしっかと掴んできた。しかも明るい色のまあるい瞳は不安の色で一杯だった。秋斗はその場に屈《かが》むと、くせ毛の髪を優しく撫でてやる。

「大丈夫だから。オレが、ちゃんと守ってやる」

「……あ、と……っ」

陽太丸が何か言いたげな顔をしたが、無理やり言葉を呑み込んだように見えた。普通の子供なら、緊張とストレスのあまりギャン泣きするところだろうに……。

その直後、

「これはこれは。誰かと思えば」

「式部の少丞殿ではありませんこと？」

「気鬱《きうつ》の病《やまい》と伺いましたのに、さては仮病《けびょう》だったのかしら？」

ああ――この人たち、マジで、うざい。

立ち上がって背筋を正すと、秋斗は鋭い目で相手を見据えた。ちなみに、あの仏頂面《ぶっちょうづら》も言っていた「式部の少丞」という名前だが、秋斗はその意味をすでに思い出していた。

式部というのは、大内裏の中の《式部省》のこと。宮中の人事や儀礼を扱う役所で、宮中全般を補佐する《中務省》の次に重要な部署とも言われている。

続く少丞は『役職名』だった。平華京では『役職』によって官位が細かく決まってる。

少丞の場合は従六位だから、さしずめ係長くらいだろうか。

また、高階家が名家であるように、秋斗の実家の小野家も飛鳥時代から続く由緒正しき家柄に当たる。何なら「小野の少丞」と名乗りたいくらいだった。

「オレなら、この通りピンピンしてます。それに、陽太丸には古琴を教える約束なんです。どうぞお引き取りください」

言い切り口調で女官を黙らせると、秋斗は陽太丸をそっと抱き上げた。小さな天使はほっとしたように秋斗の細い肩に顔を埋める。

「ちょっと、お待ちなさい！」

だが、《鬼ばばトリオ》は諦めなかった。

「たかが従六位の分際で、なんと無礼な！」

「身の程をわきまえなさい！」

「まあまあ、お三方とも」

そこに宇月が参戦した。

「親愛なるお姉様方。皇太子殿下とて、たまには羽目を外したくなるものです。どうか叔父である僕の顔を立てて、今日のところは穏便《おんびん》に願いたいのですが」

（わあ、さすが宇月さん！　バリバリ低姿勢じゃん！）

秋斗は宇月の如才《じよさい》のなさに感心した。宇月は気さくだが、仮にも「親王殿下」「リアル皇族」である。官位だって三人よりずっと上なのに、きちんと大人の対応を取れるところが自分とは全然違う。

だが、《鬼ばばトリオ》はその斜め上を行くらしい。

「いいえ、親王殿下はお黙りなさい！」

「なっ、黙れだって？　こ、この僕に向かって……それはないだろ！」

「はあ？　なんですって！」

「そうよ！　宇月殿下なんて嫁の来手もないくせに！」

「よ……っ！」

（うわ、辛辣《しんらつ》だな……）

宇月の嫁に言及したのは、三姉妹の中でも一番若そうな女官だった。若さゆえの暴挙とでも言うのか、ともかく、プライドを傷つけられた宇月は怒髪天《どはってん》を衝《つ》く勢いで徹底抗戦の構えを見せている。それに加えて渡殿には黒山の人だかりができていた。暇を持て余す女御《にようご》や侍女たちにとって、この手のイベントは良い気晴らしになるのだろう。

そして幸いなことに、陽太丸を探す者は誰もいない。

「よし！　ひなた、今がチャンスだ！」

「ん……ちゃ！」

陽太丸を抱いた秋斗は一目散に駆け出した。弘徽殿から一番遠い、自分の御殿に戻るのが正解のように思えた。

（でも、宇月さん、一人で大丈夫かな……）

後ろ髪を引かれて後ろを振り返った、まさにその時、

「うわっ！」

「キャ！」

誰かにドンっとぶつかった。反動でバランスを崩す。陽太丸を抱いていた秋斗は、夢中で幼児を庇った。背中から倒れたら「ドスンっ」と大きな音がして、あと少しで烏帽子を落とすところだった。

「いたたた……っ」

「ぴ……ぴゃあ！」

「ひ、ひなた、大丈夫か！」

幸い陽太丸に怪我はないようだ。それどころか、遊園地にでもやって来たかのように秋斗のお腹の辺りで「キャッキャッ！」と楽しそうにはしゃぎ回っていた。

「……さすが、ひなただ」

「こ、ちゃ！　こ、ちゃちゃちゃーっ」

「おいおい、オレは琴じゃなくて、秋斗だよ。あーきーと」

「あーちゅー……とっ？」

にこっと笑って秋斗のお腹にダイブする。自分がもっと太っていたら、陽太丸専用のトランポリンになれたかもしれない。

（オレ、痩せてるからなぁ）

どこで覚えたのか、陽太丸はわらべ唄を口ずさみ始めた。勿論、歌詞は適当だ。「うーうーうー」が主体だがメロディはしっかり聴き取れた。きっと音感が発達しているのだと思う。

（そういえば……）

陽太丸は天子さまの子。今の天皇、玄龍帝《げんりゅうてい》の息子になるわけだが、肝心の帝の姿を思い出すことが出来なかった。もっとも、従六位という身分では、陛下の御前に侍《はべ》るのは不可能に近い。それでも、年中行事の際に遠目で見るくらいは出来たはずなのだが……。

「謝ることも忘れたか、不埒者」

「えっ」

聞き覚えのある声が鼓膜に届く。

「す、すみません。オレがよそ見してたから」

だが、立ち上がりざま陽太丸の様子がおかしいと気付いた。彼は欄干のたもとに立っていたが、俯いた顔にはまるで生気がなくて、魂の抜けた『人形』のようだった。

そういえば、初めて会った時も似たようなことが……。

「ひ、ひなた……っ」

「きさま、皇太子を連れ出して、ただで済むと思うのか」

「なっ」

きつい口調、傲慢な物言い。顔を上げなくても相手が誰かはわかった。不機嫌な顔で現れて髪型を貶したと思うと、理由もなく古琴を壊して立ち去った〝いけ好かないイケメン男〟だ。

(もう、最悪……っ！)

だが、相手がどれほど嫌な奴でも、こちらに非がある以上は頭を下げるしかないと思った。それに、ここは後宮だ。相応の身分でなければ勝手にうろついたりは出来ないはず。

つまり、この嫌な男は秋斗のような『下級貴族』ではない、ということだ。

「えーと。仰る通り、オレのせいです」

秋斗は渋々、渡殿の上で土下座《どげざ》をする。

「オレが陽太丸さまを連れ出しました。全部オレが悪いし、陽太丸は何も悪くありません」

「ほう。子供の前では、貴様もまともというわけか」

（なにそれ……嫌みかよ！）

ちょっとくらい顔がいいからって、人を見下すのもいい加減にしろ。だいたい、年下をいびるような男に碌《ろく》な奴はいないんだよ！　と詰《なじ》りたいのを必死に堪える。

「ではこれより、式部の少丞が桐壺御殿から出るのを堅く禁じる」

「へ？」

「誰か、皇太子を然るべき場所まで送り届けよ」

「えっ、ま、待ってください！」

罰なら受けよう。喜んで受けるとも！　でもその前に、天子さまに伝えて欲しいことがある。秋斗はひれ伏したまま、男の足にすがりついた。

「どうか、玄龍帝に伝えてください。あの女官たちは酷すぎます」

「酷いとは」

「だって、あの三人はひなたを叱りつけるばっかだし……大勢が見ている前でガミガミ言われたら、子供だって傷つくよ！」

するると、周囲からどよめきが起こった。帝に信頼される女官を堂々と非難するなど、臣下としてあるまじき行為かもしれない。それでも秋斗は懇願し続けた。

「皇太子を厳しく育てたいのはわかります。でも、あの子はまだ二歳にもなってない。だから、天子さまに」

「天子さまに、何だ。きさまは、どうしてほしい」

しばらく考えてから、秋斗は慎重に言葉を選ぶ。

「どうか陛下に、教育係の人選を見直すよう上奏《じょうそう》してください。多分、あなたはオレなんかよりずっと偉い人だと思うから。だから、どうか、お願いします！」

陽太丸のためなら、どれだけ詰られても構わない。

「叱るだけじゃダメなんだ」

母親がいないのなら、尚のこと。「いい子だね」「おまえなら大丈夫」そんな温かい言葉を掛けられる大人が、陽太丸の傍に付いいてあげないと。

「あの子、ギャン泣きしてもいいのに、全然泣かなくて。それでオレ、なんだか心配になってきて……」

「だから、陛下に上奏しろ、だと」

「あ……」

調子に乗って、喋りすぎただろうか。

「ち、ちがいます。強制してるんじゃない。お願いしたいだけ……オレみたいに身分の低い者が帝に会うなんて、そんなの無理っていうか」

「ハッ、皆の者、聞いたか？　この私に上奏しろだと？」

突然――男が、「ハハハッ」と高笑いを始めた。周囲の者は笑わなかった。むしろ「噂通りだ」「紅蓮の池に身を投げたりするから」「あれでは、命が助かっても」と哀れみの視線を投げられてしまう。

「小野町秋斗」

フルネームで呼ばれてはっとした。その名前を呼ばれたのは初めてだった。

「玄龍帝は、朕《ちん》である。知らなかったのか」

「え、うそ……」

じゃあ、帝だとは気付かずにオレは……。

「きさま、病み上がりで得をしたな。そうでなければ、不敬の罪で打ち首に処すところだ」

その言葉に周囲が騒然となった。ほっと胸をなで下ろす者もいたが、「当然だろう」「彼は謀反人《むほんにん》だ！」と秋斗を罵倒する声の方がずっと多かった。

「オレ、罰なら受けます」

秋斗はもう一度、聴衆の前で頭を下げた。間違えたのは本当だし、帝が気分を害したのも理解できる。きっと不愉快だったに違いない。

「気の済むまで罰してもらって構いません。だから、皇太子殿下のこと、どうかよろしくお願いします」

「陰陽師の護符など、所詮、役には立たぬ」

「えっ……」

ひたすら謝るはずが思わず顔を上げてしまった。なぜ、彼が知っているのだろう。護符の力でほんの少しだけ記憶を取り戻したこと。

「何の役にも……な」

含みのある言い方が、なぜか気に掛かった。理由を聞きたいのに声にならない。

戸惑う間に、天子とその一行が脇を通り過ぎていく。

なぜ彼は、宇月の護符の件まで知っていたのか。

いや、多分――彼が知らないことなんて、此処には何一つ無いのだろう。なぜなら、彼はこの宮殿の頂点に君臨《くんりん》する、唯一無二の『天子さま』なのだから。

◆2　花宴と、幼児と天子さま

「宇月さん！　なんで、教えてくれなかったんですか！」

「もう、あーくんも、しつこいなぁ。仕方ないでしょ、君と兄上に面識があるなんて、知らなかったんだから」

「オレだって、あいつが、ひなたの父親だって知ってたら！」

「はいはい、二人とも～美味しい朝餉《あさげ》が冷めますよって、わいは先に、いただきまーす」

「ああっ、僕の飯を取るんじゃない！　この、ヘボ陰陽師！」

あれから一週間――――。

スプリングの効いたベッドではなく、「天蓋付き畳ベッド」で毎朝目覚める秋斗の機嫌は、すこぶる悪かった。あまりに寝心地が悪いので「せめて綿入りの敷き布団が欲しい」と頼んではみたが、気候の関係上、綿の栽培がうまく進まないらしい。絹を使った真綿なら国産品が買えるそうだが、こっちは値段が半端なかった。水鳥の羽毛を巣から集める手も考えたが、こちらは時間が掛かりすぎる。結局のところ、秋斗は地道に貯金をするしかなかった。

他方、玄龍帝が下した勅命《ちょくめい》により、秋斗は桐壺御殿から一歩も外に出られずにいる。陽太丸との面会など、言わずもがなだ。

「それにしても、ひなたが皇太子だったなんて」

「幼いと言っても、亡くなられた皇后さまの嫡子《ちゃくし》だからね。血筋は疑うべくもない。不満を持つ者がいても異論を挟む余地はないよ」

秋斗を「あーくん」と呼ぶようになった宇月が、朝餉の味噌汁をすすりながら答える。

この時代、食事はもっと簡素なものだと思っていたが、平華京はそうでもなかった。

宇月の話によると、日本国は大陸の唐は元より西の吐蕃《チベット》、北のウイグルとも盛んに交易しているという。であれば、秋斗の知る「平安時代」とは別物ということになる。

「そういえば、ひなたのお母さんって、どんな人？　恋愛結婚？」

「そ、それは……」

ふいに、宇月が口ごもる。

「きっと綺麗な人だよね。他には？　音楽好きだった？」

「いや……ぼ、僕はよく知らないなー。四郎《しろう》はどう？」

「わ、わいですか？」

関西弁を話す、ひょうきんなこの男。何かと謎の多い《陰陽寮》の次官（いわゆるナンバーツー）を務める陰陽師で、周囲からは《安倍《あべ》の四郎》と呼ばれている。身長は一八十センチほど。痩せて骨張った体躯に鋭い狐目が印象的な好男子だが、いかんせん年齢は不詳だった。ちなみに独身。

「恋愛も結婚も男と女の話ですやろ？　そんなもん、お祓《はら》い専門の陰陽師に分かるわけありませんわ。はははははー」

「なんか二人とも変。オレに隠し事してる？」

「ちゃ、ちゃいますって！　それより、先日の件を整理しまひょ」

「そうそう、あーくん、それがいいよ！」

「別に、いいけど」

あの〝底意地の悪い玄龍帝〟の先妻について、色々と知っておきたかったが、それは後でもいいだろう。四郎の言う通り、ここは頭を切り替えることにする。

まず「先日の件」とは、秋斗が陽太丸の教育係に喧嘩《けんか》を売ったこと。また、知らなかったとはいえ、君主《くんしゅ》である帝を軽々に呼び止めた上、直訴《じきそ》までしてしまったこと……。

おかげで秋斗は一ヶ月に及ぶ謹慎を言い渡されて給与も減らされた。朝廷内では「式部の少丞が錯乱《さくらん》した！」「祟りだ！」とまことしやかに囁かれており「桐壺で陛下の慰《なぐさ》み者になるに違いない」「そうだな、そちらに賭けよう」と言い出す者までいる。

（何が、慰みものだ！　おまえら、仕事しろ！）

内心ぼやきながら、ため息を零す。

「ほな、始めましょか」

そう言って、四郎が空《から》になった膳《ぜん》を部屋の隅に移した。そのあと、昨日届いたばかりの六人用のローテーブルを空いた場所に設置する。ローテーブルは秋斗が簡単な図面を引いて職人に作らせたものだった。机と言えば「文机」しかない平華京には、テーブルを囲むという発想がなかった。

ちなみに、内裏の各御殿は『寝殿《しんでん》造り』という様式で建てられていた。御殿は全て平屋で大きな屋根を幾つもの柱が支える。柱は等間隔で立っているので、柱の本数を使って御殿の規模を表した。「三間四面《さんけんしめん》」などがそうだ。屋根の下はだだっ広いワンルームで、これを「母屋《おもや》」と呼んでいる。また、意外なことに寝殿造りには外壁がなかった。壁の代わりが「御簾」や「蔀《しとみ》」だ。これなら湿気も籠もらず、夏は涼しそうではある。

格上の御殿になると母屋の外側に「庇《ひさし》」というスペースが追加された。一見「広めの廊下」にしか見えないが、小部屋や物置に使うらしい。

やがて侍女がお茶や菓子を運び終わると、三人は顔を突き合わせた。

「少丞殿は忘れてはるけど。元はというと、都の外《はず》れに住む豪商が、少丞に求婚したんが、事の始まりでしたわ」

そう、秋斗は覚えていなかったが――。

式部の少丞は名の知れた歌人《かじん》であり、京の都の五指に入る『美男子』と噂されている。美人なのに控えめなところが儚《はかな》く消える朝露のようで、いつしか「朝露の君」と呼ばれるに至った。そんな噂を聞きつけた豪商が、少丞を側室にしたいと言い出した。同性であっても「側室ならＯＫ」というのが平華京のしきたりだが、少丞とて貴族の嫡子《ちゃくし》。当然、やんわりと断った。だが、諦めきれない商人は少丞の実家が貧乏なのを良いことに、両親を金で釣ろうと考えた。初めのうちは激しく抵抗していた小野家だったが、ついには承諾してしまい、玄龍帝も両家の婚姻をお許しになったと言うわけだ。

「その後、朝露の君はすっかり痩せちゃって。思い詰めた表情で役所を退出することも多くなったんだ」

「確か、そんな時ですわ。わいが師匠に、こっそり呼び出されたのは」

四郎の師匠は名を「陰陽頭《おんようのかみ》の保名《やすな》」と言い、霊感が非常に強く、未来を占う星読みの術において彼の右に出る者はいないそうだ。

「師匠は近い将来、皇室に異変があると察して、宇月殿下宛ての手紙をわいに託した」

「うん、その手紙の中に、この間使った護符が入ってたんだ」

そして護符が持つ不思議な力で、秋斗は平華京の官位やしきたり、役所や宮殿の詳細などを思い出した。つまり護符は宇月だけでなく、秋斗に宛てた品とも言えた。

「でね、手紙には次の新月、卯《う》の刻《こく》に《禁苑《きんえん》》に行って、池で溺れてる人を助けるようにとも書いてあった」

卯の刻は、早朝五時から七時を指す。また、禁苑は天子さま専用の別宅みたいなもので、小舟を浮かべて遊べるくらいの大池と、雅な回廊式庭園が有名らしかった。

「なにせ、あの保名でしょ？　言う通りにしないと呪われそうだし、おかげで暗いうちから、紅蓮の池を見張る羽目になっちゃった」

「あの時は本当に眠かったよ」と宇月が当時を振り返る。その池で助けられたのが秋斗だった。意識を取り戻すまでの三日間、秋斗は宇月邸で過ごした。一方、大内裏に近い小野の屋敷は空き家になっていた。朝露の君の縁談は破談になったが、相手は右大臣の縁戚だ。報復を怖れた両親は、息子を置いて田舎に引っ込んでしまった。その後、秋斗は玄龍帝の命《めい》により内裏の後宮に移された。それが桐壺御殿だった。

「どうして玄龍帝は、オレを桐壺に住まわせたんだろ」

「そら、はっきり言うて、政治ですわ」

「政治？」

四郎の口から政治向きの言葉が出るとは意外で、つい聞き返した。

「そうだね。あーくんを側室にって言い出した商人は、右大臣の親戚筋だ。右大臣派といえば太政大臣、左大臣の政敵で、ひいては天子さまの敵」

「なんか、ややこしいな」

「うん」

頷きながら、宇月が小さなため息を零した。

「玄龍帝……つまり兄上は、半分血が繋がった異母弟の僕を、面倒な権力争いに巻き込みたくなかったんだと思う」

「ま、わいも、宇月殿下の意見に賛成ですわ」

確かに、亡くなった先帝には多くの皇子や公女がいた。玄龍帝には年上の兄もいるが、正妻が産んだ男子は彼だけだった。宇月を含め他の皇子は庶子だったため、玄龍帝が問題なく皇位を継承。もめ事なんて無いように思えたが、どうやら違うらしい。

「ごめん、申し訳ないけど、政敵とかそういうの、オレにはよくわからないや」

正直な気持ちを伝えると、二人は顔を見合わせながら苦笑した。「権力争い」という言葉は、平凡な学生生活を過ごしていた秋斗には遠い世界の出来事に思えた。

「まあまあ、天子さまの話はとりあえず、置いといて」

と、デザートの苺を頬張りながら、四郎が仕切る。

「護符のおかげで、少丞殿は色んなことを思い出しはったけど、肝心なことは忘れたままや」

「うん」

「ご両親の顔、思い出せない？」

「うん」

「あーくんの幼馴染《おさななじ》みや、歌会の常連の顔も？」

「うん」

「じゃあ、あーくんに迫った、成金の変態オヤジの顔はどう？」

「覚えてないいし、思い出したくない」

そらそうや、と四郎も頷く。思うに自分が思い出せたのは平華京の慣習や、生活する上での〝知識〟ではないだろうか。だが〝自分が体験したこと〟がきれいさっぱり抜けているように思える。誰とどこで会ったとか、そういう部分だ。

「でも、大学に、ええと、ぱいろっとだっけ？　夢の中の人は残らず覚えてるって、ほんとにそうなの？」

「うん。でも、このままずっと会えなかったら、父さんの顔を忘れてしまいそうで、ものすごく怖いよ」

「え！」

「これは、かーなり重症ですなあ」

「重症ってなに」

「何にせよ、師匠が戻ってきたら、真っ先に見てもらわんと……って、ええっ！」

突如、四郎が奇声を発した。視線を追うと天蓋付きベッドの奥に置かれた屏風から、小さな子供が愛らしい顔を覗かせていた。

「……あーとっ！　ちゃ！」

「ひ、ひなた？」

目が合うと、陽太丸は短い手足をばたつかせて、よちよち歩きで向かってくる。当然、秋斗も真っ先に駆け出した。

「うわあ、会いたかったよー！　オレのひなた！」

「きゃ！　あーとっ、あーとっ、とっ！」

すぐに抱き上げてハグをする。陽太丸の可愛い巻き毛は健在で、綾絹《あやぎぬ》であつらえた半尻《はんじり》

（狩衣《かりぎぬ》と呼ばれる直衣《のうし》に似た着物の子供版）と呼ばれる子供用の直衣を纏っている。薄水色が、ピンク色のほっぺがよく映えた。やっぱり、笑っている陽太丸が一番だ。

「でも、どうやって……ひなた、おまえ、一人で来たのか？」

思わず尋ねてしまったが、一歳半では答えられない。皇太子の住まいは帝専用の《清涼殿》に近い御殿だろうから、桐壺まではかなりの距離がある。訝《いぶかし》がっていると皇太子用のお茶菓子を運んできた侍女が「近衛府の護衛付きでしたよ」と教えてくれた。そういえば、桐壺に来たばかりの頃、陽太丸がこっそり遊びに――――というか、寝ている秋斗を起こしに来たことがあったが、あの時もそうだったのかもしれない。

「ちょーっと待った！」

突如、宇月が声を上げた。宇月は秋斗に近づくと、陽太丸の首にぶら下がっていた花柄の巾着袋《きんちゃくぶくろ》を指でつまみ上げる。

「中に何か入ってる……どれどれ……」

袋の中から出てきたのは、小さく折りたたまれた薄紙だった。広げてみると、達筆な字で何事か書いてある。

「この筆跡、間違いないよ、兄上だ」

「つまり、メッセージカード？」

「めっせ？　それ、なんでっか？」

「二人とも、ちょっと、黙って！」

宇月に一喝された秋斗と四郎が、思わず肩を竦め合った。それにしても、可愛い陽太丸に持たせるなんて……そういうところが、姑息《こそく》なのだ。

「ふうん。《明日の花宴に出ろ》だって。側室のあーくんを誘うにしては、色気も何もない」

「いや、側室じゃないし」

「なんや、面白そうでんな～」

宇月からひったくった手紙を、四郎が読み上げる。

「なになに《宴では最上級の絹を纏うこと》他にも薄化粧しろだの、紅の色まで指定してはるわ！」

紅までさすのかと呆れそうになるが、この時代、ハレの舞台で男性が薄化粧をするのは、珍しいことでもなかった。

「……あーとっ、こちゃ……や？」

「いや、琴を弾くのは嫌じゃないけど……」

平華京のことを思い出せるようにはなったが、大学や父との生活が、ただの夢に過ぎないとはどうしても思えなかった。かといって、事情を知っていそうな保名という陰陽師は旅に出ており、いつ戻るかも定かでないらしい。であれば、今は流れに身を任せるほかないだろう。

「どうする、あーくん？」

「……行くっきゃないっしょ。相手は、天子さまなんだから」

「あーとっ、いっちょ！」

腕の中で幼い天使が微笑んだ。今は、その笑みだけが救いに思えた。

「ほおぉぉ～～さすが、大内裏一の美形と謳《うた》われる朝露の君や」

「うんうん。あーくんは、口さえ閉じてたら問題なし」

「はあ？　なんだよ、それ」

翌日の午後、秋斗は宇月と四郎に見送られながら宴に向かった。宴会の場所は、宮殿の中でも一番広くて立派な《紫宸殿《ししんでん》》だ。紫宸殿は本来、戴冠式などの公的行事が催《もよお》される場所だが、先帝の頃より公家のちょっとしたパーティにも使われるようになっていた。考えて見ると、宮殿で最も豪奢な場所を放っておくのは勿体ない。

また、紫宸殿の南の庭には、桜と橘《たちばな》の木がそれぞれ植わっている。ひな祭りのひな壇に並べる「左近の桜、右近の橘」はこの紫宸殿が元になっているらしい。

それはさておき、宇月の情報によると、今回の宴は小規模なもので、集うのは殿上人《てんじょうびと》ばかりだそうだ。無論、妻や側室といったパートナーも一緒である。

(けど、大物ばかりのパーティーに、なんでオレが……)

そこは疑問だったが、今日まで玄龍帝に働いた無礼の数々を思うと、相応の罰ゲームを用意されたとしても不思議ではない。おまけに同席するはずの皇太子が、風邪気味なのを理由に宴を欠席。可愛そうに、今ごろ鼻水を垂らしているだろう陽太丸を見舞ってやりたいが、勅命に逆らうのも得策ではなかった。

(ちぇ。オレも、風邪引いたことにすればよかった……)

「少丞殿、お席はこちらです」

だが、会場の入り口に佇む侍従と目があってしまう。そのまま末席に案内されてしまい、帰るに帰れない。下座《しもざ》からざっと見渡すと、殿上人たちはすでに膳に手を付けていて、噂話に花を咲かせているようだった。傍らには十二単《じゅうにひとえ》の美女たちが座しており、高位の殿方に極上の笑顔を振りまいている最中だった。

その先に玄龍帝がいるはずなのだが、上座の置き畳は御簾で遮られて中までは見えなかった。やがて几帳を巡らせた奥から、筝や笛の音が聞こえてくる。雅楽《ががく》には疎《うと》い秋斗だが、宮廷楽士が奏でる音は素直に心地よい。

「少丞殿」

先ほどの侍従に声を掛けられ、手に持っていた杯を膳に戻した。

「南庭に舞台を用意しましたので、あちらにお移りください」

「舞台？　何の？」

オウム返しに尋ねたが、侍従は愛想笑いを浮かべるだけだ。恐らくこれも玄龍帝のご命令だろう。逆らうわけにも行かず、秋斗は西の階段から白砂の庭へと下りる。視線の先には能楽《のうがく》の舞台に似た《屋外ステージ》が白木で組まれていた。壁はないが、色鮮やかな几帳が舞台の背景を担っていた。床の四隅には春の花々が飾られて、驚いたことに、舞台中央には秋斗の好きな古琴が置いてあった。しかも、秋斗が演奏しやすいように、琴卓と呼ばれる台と、小さな椅子まで用意されている。

（ここで、演奏しろってこと？）

琴に触れると、宇月の家にあったものと全く同じだ。秋斗が張り損ねた弦が、きっちりと張り直してある。

「へえ。じゃあ、弾くっきゃないよな」

舞台袖の侍従に目配せをすると、秋斗は低い椅子に腰掛けた。今ここに、陽太丸がいてくれたらいいのに。そうしたら、あの子の喜ぶ顔が見られるのに――。

この宮殿のどこかにいる小さな天使のために、秋斗は曲目を考える。本来なら雅楽を演奏するところだが、自分のレパートリーには含まれないので勘弁してもらおう。

（まずは、手慣らしに……）

秋斗は「第三の男」を奏で始める。古い映画のテーマ曲で、とにかく明るくてノリがいい。思わず踊り出したくなるから、陽太丸もきっと気に入るはずだ。次は、ジャズの定番「フライ・ミー・トゥー・ザムーン」。某アニメのエンディングに使われて以来、ファンが急増した。お次はディズニーで有名な「星に願いを」。春の宴には関係なかったが、ラウンジ向きの音楽は出しゃばらず、心地よくが鉄則。まずはそれをクリアしよう。

乗ってきたところで、秋斗は曲調を変えてみることにする。言わずと知れた、フランシス・レイの名曲だ。

まず、イントロはどこまでも情熱的に、思いのたけをぶつけるように。次は弾き方を一変させる。哀愁に満ちたメロディを、これ以上ないくらい丁寧に、一音一音心を込めてつま弾いていく。曲名は「ある愛の詩」――――。

（やっぱ、泣けるよなぁ、これ）

家でこの曲を弾いた時、父はひどく驚いていた。映画が公開されたのは、もう半世紀以上も前のことだから。

「さて、次は……」

休憩を兼ねて古琴から手を放した時だった。大勢の人の気配を感じて顔を上げた。すると、紫宸殿で酒を煽っていたはずの殿上人の一団が、舞台の正面に詰めかけている。

「そ、それは、なんという曲ですか？」

「朝露の君、そなた、楽譜をお持ちか？」

「近いうちに、我が屋敷で奏でてはもらえまいか」

「えと……一度に言われても……」

馴染みのないメロディが、これほどの反響を生むとは思いも寄らなかった。もし失敗したら、宮廷楽士と交代すればいい。そんな軽い気持ちで弾いていただけに、ついたじろいでしまった。

「ハッ、貴様のような不埒者にも、取り柄はあるのだな」

「な！」

突然、いけ好かない声が落ちてきた。見上げると、黒い直衣をまとった玄龍帝が、秋斗の椅子の真後ろに佇んでいた。襟元には金糸で紡がれた鶴の刺繍が施されており、真っ暗な空に羽を広げる姿が、どこか彼に似ている気がした。寡黙で不遜で、どこかしらミステリアスな天子さまに――――。

「朕に見惚れているのか」

「なわけ、ありません」

これ見よがしにそっぽを向くと、玄龍帝は肩越しに手を差し伸べてきた。振り払うわけにもいかず、目の前の手に自分の手を重ねる。帝は秋斗を抱き抱えるようにして椅子から立たせた。さらに距離が詰められる。背中が帝の胸に重なると、妙に落ち着かなかった。

「皆のもの」

自信と威厳に満ちた声が、白砂の庭に響き渡る。

「式部の少丞は、池で溺れるという事故に見舞われたが、今では古来の楽器を華麗に奏でるほどに回復している」

一呼吸おいてから、玄龍帝が続ける。

「そこで、朕からの提案だが」

（は？）

当然、嫌な予感がした。

「抜きん出た楽才を持つこの者を、我が息子の教育係に加えようと思うが、どうか」

「は、はあ？」

思わず振り返ったが、不遜極まりない自己チュー男は、いとも涼しげな顔で聴衆からの返答を待っていた。天子さまの下知に逆らう奴などいるわけがない。

「無論、異存ございません」

「皇太子殿下も、さぞお喜びになられることでしょう」

「全くです」と他の者も一斉に首を縦に振り始めた。次の料理が届いたことを侍従が告げると、殿上人たちは談笑しながら紫宸殿に戻っていく。そんな中、艶やかな牡丹柄の直衣を着た恰幅《かっぷく》のいい中年男が、射るような眼で秋斗を見ていた。少し気に掛かったが、誰かはわからない。

「弦を直してやったのに、朕に礼も言わぬつもりか」

「はあ？　それってあんたが……いえ、陛下が自らお断ちになったのですから……」

（礼だって？　そんなの知るか！）

だが、きちんと修理したことは認めてやらないでもない。

「それで、オレがひなたの教育係……じゃなくて、皇太子殿下の教育係にって話は、ほんとなんですか」

「朕に人選を見直せと申したであろう」

「それはそうだけど」

「案ずるな。教育係と言っても、まずは見習いから始める。第一におまえが礼儀作法を身に付けねば、我が息子が恥を掻く」

礼儀作法。まあ、そこは帝の言う通りなので、ぐうの音も出ない。

「しかし秋斗、おまえは本当に、あの〝朝露の君〟なのか？」

「どういう意味ですか」

「あまりにも噂と違うではないか。儚げな美人？　おまえのどこがだ」

「そ！　そりゃあ……まあ」

ムカついたが、事実なので言い返せない。口籠もると、相手は濡羽色の扇子で口元を隠しながら、クックッと含み笑いをする。マジで性格の悪い男だと思う。

「使えもしない丁寧語は当面禁じる。よいな？　滑稽《こっけい》すぎて朕の腹がよじれる」

「あのね、そういう言い方……っ」

言い返すと、長い腕を腰に回され、強く引き寄せられてしまう。息が掛かるほどの距離になって気付いた。頭ひとつ分の身長の差が恨めしい。自分を見下ろす怜悧《れいり》な表情も、見つめ返すと吸い込まれそうな茶水晶の虹彩も、揺るぎない自信に象《かたど》られた厚い唇も、何もかもが眩しすぎて、腕を振りほどく力さえ奪われそうになる――。

「口を開かずにいたなら、きさまも、それなりなのだが」

「は？　意味わかんない」

「黙っていろ、秋斗」

「な……っ」

さらに強く引き寄せられて、背中がしなった。上向いた顎の先を五本の指で掴まれてしまい、心臓が大きく跳ねた。

「……う……」

次の瞬間、唇に唇が重なった。強く吸われて目を閉じる。押し付けられ、傲慢な舌先で上唇を舐め回される度、心臓がバクバクいうのを止められなかった。

「……放せっ……やだ、ンっ、んんッ！」

これ以上無理だと思った瞬間、ふわりと身体を離される。秋斗は背中に回された腕を振り払った。いくら天子だろうと身体まで好きにさせる気は無い。しかも相手は同性で、それは秋斗の守備範囲外だった。

「もう、二度と……触るな……っ」

「ああ、見事な琴であった。琴はな」

「だから……っ」

だが、傲岸不遜のバイセクシャル天子さまは、秋斗の苛立ちなど気に留めるでもなく、ボディガードの近衛兵を引き連れて去って行く。

(……あ。近衛府の人って、主《あるじ》のお遊びを吹聴したりしない……よな？)

まさかとは思うが。さっきのキスが朝廷中に知れ渡るのを想像するだけで胃が痛んだ。

都の春風は思ったよりも冷たい。これ以上の騒動が起きないことを願いながら、秋斗は足早に桐壺に戻っていった。

◆3　白砂の庭と、白い子猫と皇太子

「皇太子殿下、よろしいですか？」

黒檀《こくたん》色の床から蔀戸の桟に至るまで、ピカピカに磨き抜かれた部屋の中。上座の置き畳から声を発したのは、細長という十二単《じゅうにひとえ》の簡素バージョンを纏った《鬼ばばトリオ》、すなわち、高階三姉妹の長女だった。

「……んちゃ！」

くるくる巻き毛を揺らしながら緊張気味に返事をしたのは、タンポポ色の半尻を纏った陽太丸だ。床の上には漢数字を墨で綴った半紙がきっかり十枚並んでいて、陽太丸はそれらの文字を、まん丸の瞳でしっかりと見比べている――。

宴の翌朝、玄龍帝から詔《みことのり》が発せられると秋斗はそれを拝命《はいめい》した。正式に皇太子付きの教

育係に加えられたのだ。

その後、陽太丸の住まいである《弘徽殿《こきでん》》に赴《おもむ》き、女官たちへの挨拶を済ませる。源氏物語で有名な《弘徽殿》は、帝の后《きさき》が住む御殿だった。陽太丸を産んだ皇后も弘徽殿に住んでいたが、皇后がお隠《かく》れになって以後、真の主は不在のままだった。

あとで知ったのだが、陽太丸は生後一ヶ月で母親と死別。その後は乳母が世話をしていたが離乳が始まると、彼女は病を理由に実家に戻った。それを機に《鬼ばばトリオ》が召し出されて今に至っている。

ちなみに、宇月がトリオという外来語を知っていたのは、イタリア王国から来た商人に教えてもらったのだという。交易が盛んな平華京ならではだと、感心したりもする。

「で、あーくん、例の鬼ばばトリオとはどうなったの？　あっちの御殿で顔合わせた？」

桐壺に遊びに来た宇月が、甘酸っぱい八朔《はっさく》を剝きながら尋ねる。

権力闘争を避ける意味合いから、帝の兄弟は都を追い出されるケースが多い。だが、末っ子の宇月は例外だった。母方の実家が田舎の豪族上がりで政治的な力を持たない点が有利に働いてはいるが、それ以上に、開けっぴろげな性格が案外、帝に気に入られているのかもしれない。

「それが、手のひら返したみたく好意的でさー。オレも調子狂うっていうか」

「え、なにそれ？　詳しく聞かせて！」

大きな瞳をキラキラさせた宇月が、テーブルに身を乗り出した。黄色い八朔の実を一房頬張った後、秋斗が答える。

「実は花宴の席に《鬼ばばトリオ》の末の妹が列席してたらしいんだ。オレ、全然、気付かなかったけど」

実際、美しく着飾った女性客は大勢いたのだが、秋斗はすぐに席を離れたので、ろくに言葉を交わす暇もなかった。

「で、オレの演奏に感動してくれたらしくて……」

香子《かおるこ》という名の末娘が秋斗を気に入ったおかげで、三姉妹と秋斗の関係も大きく変わることになった。

「それで、お菓子を摘まみながら音楽の話をしてたら、意外と普通の人たちでさ」

なるほどねーと宇月が楽しげに返してくる。確かに宴のパフォーマンスは大成功だった。紫宸殿を出たあとも数人の殿上人から声を掛けられて、私邸に遊びに来るよう誘いを受けた。桐壺に戻ってみると手紙や贈り物が山のように届いている。ここでもファンレターをもらえるとは思わなくて、これは結構嬉しかった。

「分かるよ。朝露の君ってさ、行く先々で目立っちゃうんだよ。美しく生まれた者の性《さが》ってやつ？」

「別に、オレなんか……」

美人だという自覚はないし、むしろキリッとした面立ちに憧れてしまう。

（オレの父さんとか、仏頂面の自己チュー天子……とか？）

ふいに接吻されたことを思い出してしまう。あれはただのキスで、意地の悪い帝にからかわれただけだったが、あの時は少しドキドキした。心地よい目眩と一緒に身体中が火照《ほて》るような甘い感覚に襲われたのだ。そういう歳でもないのに。

「あーくん？」

「えっ」

「なんか、顔が赤くなってる」

「いや、これはその、少し熱っぽいせいだから」

「そーなの？」

そうだ。たかがキスだ。動揺してどうする？

「と、ところで玄龍帝ってさ。息子とはどのくらい一緒に過ごすの？」

「どのくらいって？」

「お風呂は一緒に入るとか、ご飯は一緒に食べるのかとか」

陽太丸の予定を見ると毎日朝夕、帝に拝謁《はいかつ》する決まりになっている。でも見方を変えると、その時間以外は父親に会えないという風にも受け取れる。

「んー、難しい質問だね」

宇月は露骨に困った顔をする。

「皇族と言っても、僕は先帝の末っ子だからね。後に生まれた子ほど可愛いってゆーか。何かにつけて例外扱いされてた気がする」

宇月曰《いわ》く、他の兄弟と比べると、宇月は両親と過ごす時間が多かった。母親の位が低いので皇位とは無関係。勉強しろと口うるさく言われたこともない。

「だけど、兄上……玄龍帝はどうかな。皇后の嫡子で生まれながらにして跡継ぎだからね。厳しく育てられたとは聞いてるよ」

しかも玄龍帝は幼い頃から優秀だった。武芸にも秀《ひい》でている上、性格はいたって温厚で思慮深く、両親に逆らったことなど一度もないらしい。

「ふーん。じゃあ、あいつが不遜《ふそん》で横暴なのは、昔の反動だな」

「あ、あーくんっ！」

壁に耳ありだよ！　と諭《さと》されて秋斗は仕方なく言葉を慎む。

すると宇月が天井を見上げて呟いた。昔を思い出すかのように。

「でもね、兄上の傍には、いつも皇太后さまがいらしたから」

「……それって、玄龍帝のお母さんのこと？」

「うん」

宇月の母親は健在だが、玄龍帝の実母、つまり皇太后は彼が十五の時に流行病《はやりやまい》で亡くなったと聞いている。

「兄上が熱を出したり、弓の稽古で怪我をした時は、決まって母親である皇后さまが付ききりで看病してたんだ。だから、父上に会えなくても寂しくなかったと思う」

「そか。じゃあ、ひなたは……」

陽太丸にも母親はいない。亡くなったのは陽太丸が生まれて間もなくだから、陽太丸は母親の顔すら覚えていなかった。

「もし、ひなたが風邪で寝込んだら、玄龍帝はちゃんと看病してるのか？」

「んー、どうだろう……まあ、兄上の話はこのへんで。僕、陰陽寮に行く用を思い出しちゃった。八朔、四郎の分ももらっていい？」

「そりゃあ、もちろん」

「ありがとね、あーくん」

テーブルの果実を手にすると、宇月はにこやかに御殿を出た。

これは思い過ごしかもしれないが、皇族の宇月でさえも帝のプライベートに話が及ぶと口が重くなるような気がした。ある程度は付き合ってくれるが、どこかで線を引かれてしまう。特に皇太子の実母については驚くほど情報がなかった。亡くなった理由は産後の肥《ひ》立《だ》ちが悪かったということくらいしか知らない。人柄はどうで趣味は何かなど、秋斗が尋ねても返ってくる答えは限られていた。

それはともかく。秋斗は高階姉妹との交渉に成功した。普段の陽太丸の様子を前もって見ておきたかったのだ。秋斗は今、弘徽殿の几帳の裏に佇んでいる。

（よーし……ひなた、頑張れ！）

「では参ります。最初は、ひー」

「……ちゃ！」

小さな皇太子は「一」と筆で書かれた紙を即座に掴んだ。「絶対、これで合ってるはず！」と瞳を輝かせたが、畳の上の高階先生は険しい顔で首を振った。

「殿下。ちゃ！　ではなく〝ひー〟です」

なるほど、「ひーふーみー」の「ひ」を覚えさせるつもりなのか。

（ひなた、ひー、だぞ。ひ！）

秋斗が真剣に見つめる中、陽太丸は明るい声で「ひー」と答える。それを眺めていて気付いたが、陽太丸は意外と勝ち気な性格のようだ。小さな口を真一文字に結んだ表情からは「次は間違えないぞ！」という意気込みがしっかりと伝わってくる。

「次、ふー」

「……ふ！」

真剣な顔の陽太丸が、二枚目の紙をくしゃっと握る。

（よし！）

「次、みぃ」

「にっ……み、みーっ」

（合ってるぞ、ひなた！）

「次は、よーです」

「よーよー、ヨッ！　ちゃ！」

という具合に、陽太丸は順調に課題をこなしていった。だが、さすがに集中力が切れたのだろう。七と十を間違えてしまい、先生からお叱りを受けてしまった。それでも、陽太丸はくじけずやり直した。泣き出すことも、途中で放り投げることもしなかった。

「……まだ一歳半なのにすごいよ、ひなたは」

「はい。陽太丸さまは、我が国の皇太子ですからね」

感動する秋斗に香子が笑顔で答えた。彼女が高階姉妹の末っ子で、歳は二十歳。

もっとも香子は幼名で、彼女の本名ではなかった。平華京で本名を口にしてよいのは、両親と天子に限られている。宇月が秋斗を「あーくん」と呼ぶのも、それが理由だ。

後宮に不慣れな秋斗に香子は付き添ってくれていた。そんな彼女の笑顔をみてふと思う。

自分は《鬼ばばトリオ》のことを誤解していたかもしれない。

なぜなら、陽太丸は最初から漢数字を知っていたわけじゃない。最初は「一、ひ」と「二、ふ」を覚えることすら、困難だったに違いなかった。それを十の数まで導いたのは、他ならぬ彼女たちなのだ。

（だよなー。宇月さんにもちゃんと説明しておこう）

もっとも「嫁の来手がない」とまで言われた宇月は、前回の騒動を相当根に持っていそうだったが……。

「朝露の君、次のお勉強が始まりますよ」

「えっ」

ぼんやりしている間に、漢数字の半紙は片付けられていた。代わりに出てきたのは、模造紙大の白い紙。それから赤、黄、青の染料を入れた小皿に、習字用の筆が数本だった。

その他にも、染料で汚れてもいいように、陽太丸には大きなエプロンとアームカバーが用意されている。

「お絵かきでも始めるんですか？」

「はい。玄龍帝はたいそう絵がお上手ですが、お血筋なのでしょう。皇太子殿下も負けてはいませんよ」

「そっか、そうなんだ」

誉められたのは陽太丸なのに、思わず顔がニヤけてしまう。几帳の奥から声を掛けたいのを我慢しつつ、秋斗は成り行きを見守った。

まずはエプロン姿の侍女が赤色の染料で直線を引く。左から右へと一直線に。すると、陽太丸もそれを真似た。赤色の染料で線を描き始めたのだ。だが、幼児の小さな手で毛筆が上手く握れるはずもない。

何度も筆を落としながら、どうにか引き終わると、侍女は新しい筆を黄色の小皿に浸してみせた。その筆でもってヒマワリみたいな大きな丸を描く。

次に彼女は、別の筆を青い染料に浸けた。陽太丸がじーっと眺めている先で、彼女の筆がチョン、チョンっと生き物みたいに動いていく。円の外縁に点を描いていたのだ。

「わあぁ！」

「さあ、殿下の番ですよ」

上座から《高階三姉妹》の長女が声を掛けると、陽太丸はまず「大きな丸」にトライした。ゆがみながらも円を描き終えると、陽太丸は握った絵筆を青い染料に浸したが、水で洗わなかったせいで、青色が緑色に変わってしまった。

「……うーあ?」

「殿下、それは緑色です。みーどーり」

「みー……ろーり……みろり! みろろっ」

新しい言葉と、新しい色――二つの発見が嬉しいのか、陽太丸が大きく飛び跳ねた。

すると、緑色の染料がパッと飛び散って高階次女の顔にかかってしまった。

「きゃ!」

「これ! 殿下! 飛んではいけませんっ」

置き畳の上から長女が叱ったが、巨大な半紙の上を自由に飛び跳ねる皇太子の耳には、まるで届かない。

(そりゃあ、子供だからね。一度スイッチが入ったら……)

飽きるまでやり通すのが子供らしさだと秋斗は思う。アームカバーが染料でドロドロになるのも構わずに、陽太丸は遊び続けた。赤、青、黄色という大切な言葉をちゃんと自分のモノにするために。

「また叱られているのか。皇太子はまったく進歩しないようだ」

「は、はい？」

一瞬、秋斗は耳を疑った。あんなに可愛くて利口な陽太丸に対して「進歩しない」とは何事か。いったいどういう了見なのだ。

「ちょっと、待ってよ」

「ああ、朝露のきみっ」

文句を言おうと振り向いた直後、だが秋斗は言葉を失った。背後にいたのは陽太丸の父親にして国の君主でもある玄龍帝その人だったから。

「へ、陛下……」

「相変わらずのようだな、秋斗」

（だから、名前で呼ぶなっての！）

顔を合わせるのは花宴以来だが、そっちこそ相変わらずの仏頂面だ。直衣も冠も黒ずくめで鴉《からす》のよう。たまには宇月みたいに明るい色を着たらいいのに。

（なんで今日に限って……）

間が悪いというか。香子の話によると、玄龍帝が息子の様子を見に来ることは滅多になかった。実の親子には違いないが、帝は〝家族の絆《きずな》〟よりも君主としての立場を重視する。

それゆえ、多忙な時は他人に任せきりだという。

「しかも、〝アレ〟は自分の御殿では機嫌がよいが、宮中の行事には後ろ向きだ。人に合わせる気持ちが足りないからだ。先日の花宴もそうであった」

「でも、ひなたはお腹の具合が悪かったたって」

「はっ、そのような言い訳を安易に信じるとはな。きさまはどこまでうつけなのだ」

「じゃあ、伺いますけど。陛下はなぜ、嘘だって思うんですか」

「……」

「人が尋ねてるのに、無視するんですか！」

「しっ……静かに」

立てた人差し指をそっと唇に当てた玄龍帝が、几帳の隙間から向こう側を覗き込む。秋斗と香子がそれに続くと、弘徽殿の庇で真っ白な子猫が欠伸《あくび》をしているのが見えた。

「シロ……にゃんにゃ！」

「まあ、珍しいこと！」

瞳を輝かせた皇太子を見て、高階の次女が目を細めた。しかも皇太子は動物が大好きと見えて、よちよち歩きで子猫に近づくと、隣にぺたんと尻を着いて背中をなで始めた。

「にゅああ、どこ、ちたの？」

どこから来たの？　と尋ねても猫なので返事はない。

「にゃあにゃー、ひにゃ……しゅき？」

「ニャアァァ〜」

だが、今度は猫が返事を返した。またひとつ欠伸をすると、今度は陽太丸の指を舌先でペロペロと舐め始めた。気持ちよさげにペロペロと――。

（よかったな、ひなた。子猫もひなたが大好きだってさ）

人にも猫にも愛される陽太丸が好きすぎて、思わず顔がニヤけてしまう。

次の瞬間、秋斗の目の前を大きな影が横切った。玄龍帝が几帳から飛び出していったのだ。周囲の者が一斉にひれ伏す中、帝は皇太子のところまで一直線に歩いて行く。当の陽太丸は狐に摘まれたような面持ちで、父親の顔をぼんやり眺めていた。

「父に、挨拶をしないのか」

「……あ」

陽太丸はくるりと向きを変えると、床に手を着いてお辞儀をする。

「ちちうえしゃ……ま、ご、じゃい、ましゅ」

（え……何、それ）

他人行儀な挨拶に違和感を覚えた。おまけに父親はにこりともしないから、陽太丸の表情も強ばってしまっていた。ややあって玄龍帝が足下の子猫を抱き上げた。視界から消えようとする猫を捕まえようと、陽太丸が必死に手を伸ばした。

「あー……」

「陽太丸。これが、欲しいか？」

「……」

困惑した様子で皇太子が父親を見上げる。嫌な予感がするから、秋斗も玄龍帝を見た。

「欲しいなら、この父から取り返してみよ」

冷淡に命じると、帝はくるりと踵を返した。そして陽太丸には背を向けたまま、腕の中の子猫をふわりと投げてしまった。

「に……にゃんにゃ！」

「待てよ！　嘘だろっ！」

悲鳴を聞いて、秋斗も几帳から飛び出した。だが、何のことはない。放り投げたように見えたのは錯覚で実際には、帝の後ろに控えていた武官が子猫を受け取っていた。

それでも陽太丸が心底驚いたのは事実だし、他の者も同様だった。

「あんた、自分が何をしたか、わかってんのか！」

「あ……朝露の君っ」

香子は秋斗を止めようとしたが、怒りは収まりそうにない。息子のことが気に入らないにせよ、あんな風にすべきじゃないと思ったからだ。あれでは相手を〝恐怖〟で縛り付けるだけ――――そんなの、互いの関係を拗らせるだけじゃないか。

（しかも、ひなたはまだ子供なのに！）

「ひゃあ！」

次の瞬間、帝が陽太丸をひょいっと抱き上げた。庇を歩いて、白砂の南庭に続く階段の手前まで来ると、そこで静かに我が子を降ろした。

「陽太丸。庭に下りてみろ」

「……」

冷たい春の風が吹きすぎる中、帝が促すように声を発した。

「この階段で庭に下りて泰之《やすゆき》のところまで歩けたなら、おまえに子猫を与えてもよい。毎日、上手い魚も食べさせてやろう」

「……ひにゃ……に……？」

小首を傾げた陽太丸が、猫を抱いた武官と階段とを交互に見比べる。一人で下りることに不安を覚えているようにも見えた。

「ひな……」

「式部の少丞。なりません」

助けに行こうとしたが、高階の長女に止められる。これも鍛錬の内なのだろうか。

当の陽太丸は目の前の階段を、なんとか自分の力で下りようとしていた。戸惑いながらも片足ずつ、ゆっくりと足を運ぶ。片足ずつゆっくりと。だが庭まであと一歩のところで急に動きを止めてしまった。

「どうした、陽太丸。庭に下りてみよ」

「……う」

「さあ、早く猫を助けに行くがよい。あの白い生き物が、おまえの物になるのだぞ?」

「……っ」

(ひなた……?)

階段を下りきったというのに、陽太丸は壊れたおもちゃのように動かなかった。庭に下りさえしたら、あとは平地をテケテケ歩いて行くだけなのに。

(どうした、ひなた……)

秋斗にも原因が分からない。不思議に思い、身を乗り出してみてようやくわかった。陽太丸の小さな身体が小刻みに震えていることに……。

「陽太丸。朕が下りろと言ったら下りるのだ。どうした?」

帝は息子に命じ続けた。陽太丸が怯《おび》えているのを分かった上でだ。でもどうして、そこまでするんだ？　あの子は言葉を話し始めたばかりの子供じゃないか。

「皇太子よ。なぜ庭に下りぬのだ。帝の命令に従うのが臣下の務めであろうに……お前は、それも分からぬのか！」

「……ひぇっ！」

帝の怒号が南庭に響いた時だった。陽太丸が悲鳴を上げてその場にへたり込んだ。

「殿下！」

「ひなたッ！」

不安になった高階姉妹が袴の裾をめくって駆け出すから秋斗もそれに続いた。四人が駆けつけた時、陽太丸は放心状態で唇からはすっかり血の気が引いていた。

「誰か、早く侍医《じい》を」

高階次女が小声で伝えると、控えていた宮女が小走りに走り出す。

「な……何なんだよっ！　これ！」

次の瞬間、秋斗の理性が吹き飛んだ。火の付いた感情は止めようもなかった
「あんた！　それでも、ひなたの父親か！？」

彼が天子さまだろうが、そんな事は関係ない。自分の子供すらも守れない奴に、民を守

れる道理などあろうはずもない。

「幼い息子をあんなにビビらせて、いったい何がしたいんだよ！　自分は偉いと自慢したいのか？　この変態鬼畜ドＳ仏頂面男っ！！」

咄嗟に拳を握っていた。無意識に繰り出された秋斗の右アッパーが帝の顎に命中するかに思えたが、それはボディガードの衛兵によって見事に遮られてしまう。逆に下腹を抉《えぐ》るように蹴られて、秋斗は白砂の庭に倒れ込んだ。

「つうっ……」

「式部の少丞殿。私に首を撥ねられたいのですか」

「はねたきゃ、勝手に撥ねろ！　この薄らバカ！」

「捨て置け、泰之」

「ですが……」

秋斗の白い首筋に長刀の刃を当てていた武官が、渋々ながら刀を収める。

「中務少補《なかつかさのしょうほ》」

玄龍帝は陽太丸を抱き上げた高階の長女を呼び止めると、奏上を上げるよう命じた。彼女が従五位という高官であったことも初めて知った。痛みを堪えて立ち上がると、悲痛な表情の香子が傍までやって来る。「辛いだろうけど、皇太子殿下に付き添って」と促され

てしまい、秋斗はもやもやした気持ちを胸の奥に封じ込める。

ふと目をやると、鉄面皮の帝が武官から白い猫を受け取るところだった。

彼はいったいどんな気持ちで子猫を抱いているのだろう。そんなの想像もつかないし、知りたいとも思わなかった。陽太丸を案じながら、母屋に続く階段を一段、また一段と上り始める。

晴れ渡る空に、有るはずのない飛行機雲を探す自分に気付いて、秋斗は思わず涙ぐんだ。

◆4　青白い人魂と、孤独な天子さま

「獅子《しし》の子落とし」という言葉がある。

ライオンが、自分の子を崖から突き落とすという古い諺だ。

「強く育って欲しいと願うからこそ、子供は厳しく躾ける」といった意味合いらしいが、これについては賛否両論あったと思う。何事もやり過ぎてはいけないからだ。

先日の玄龍帝の行いも同じだと思った。皇太子は確かに特別な存在かもしれない。彼を育てる天子の苦労など、秋斗には想像も出来ない。でもだからといって、小さな子供を極限まで追い詰めるのは、やはり納得がいかなかった。夢の中の父も自分と同じことを考えるはずだ。

そう、夢の中にいたパイロットの父は、いつどんな時でも、息子を信じて見守ってくれたのだから――――。

「え、ひなたが……お庭恐怖症？」

事件から数日が過ぎた頃、昼下がりの桐壺御殿では秋斗と宇月、香子の三人が特注のローテーブルを囲んでいた。四郎も来たがったが、都の外れで「狐憑《きつねつ》きが出た！」との報告が陰陽寮に上がったため、対策チームを派遣している最中だった。

「庭を怖がるなんて。オレ、そんな病気、聞いたことないんだけど」

そう、対人恐怖症や高所恐怖症といった病名は耳にするが、庭が怖いというのはかなり特殊だ。

「いや、でも、そうなんだって！」

「ええ。皇太子殿下のお庭嫌いは、宮中でも有名です。弘徽殿の渡殿を全速力で走ることはあっても、決して白砂には下りません」

「ふーん。そうなんだ」

真顔で語る二人につい、気のない返事を返してしまったが、秋斗にも悪気はなかった。

ただ、『不安症』という心の病が、明るい陽太丸のイメージとは結びつかなくて、つい苛ついてしまう。

しかも、当の陽太丸はというと、《白い子猫事件》で帝に責められたのが応えたらしく、可愛そうに翌日から熱を出し、弘徽殿の寝所で寝込んでしまっている。秋斗は毎日でも見舞いに行きたかったが、皇族付きの侍医から「当分、面会は控えるように」と釘を刺されてしまったので、それも叶わない。古琴のレッスンなど言わずもがなだ。

「でも、なんで庭が怖いんだろう。庭で幽霊を見たとか、犬に噛まれたとか？」

「いや、それはないね」

淹れ立てのプーアール茶に口を付けながら、宇月が言う。

「幽霊はともかくとして、弘徽殿は、帝の世継ぎが住む東宮《とうぐう》だからね。御殿を守る衛兵も強者《つわもの》揃いだ。気の荒い犬を庭に入れるような下手は打たないよ。もし、そんな事をしたら首が飛んで……あ、いや、何でもない」

「別に、オレに気を遣わなくていいです。あん時の近衛には、マジでムカついたけど」

「いやいや、その白い首が胴体と繋がってること自体、僕は奇跡だと思うね。ほんと、兄上はなぜか、あーくんに甘いから」

「宇月さん。茶化さないでください。オレ、今回は本気で怒ってますから」

「確かに。先日の陛下は、やり過ぎだと私も思います」

「え、高階家も、ご立腹《りっぷく》？」

「はい。大きな声では言えませんけれど」

と、珍しく、香子が天子さまの批判を口にする。

「実は、屋敷に戻ってから、姉たちとも話したのですが……」

高階家は代々教育係を担っているだけあって、皇太子の日々の出来事は事細かく記録されていた。それによると、陽太丸が庭を嫌うようになったのは、ハイハイからつかまり立ちが出来るようになった生後八ヶ月の頃からだそうだ。

心配した姉妹らは宮中だけでなく、都で名の通った医師からも直接話を聞くようにした。その上で出した結論が『皇太子がもう少し大きくなるまで〝静観〟しよう』というものだった。

「四、五歳になれば、記憶力も思考力も身についてきます。学友と大勢で遊ぶようにもなるでしょう。でも、今はまだ二歳にも届きません」

確かに香子の意見にも一理ある。今は弘徽殿の白い庭を嫌う理由があったとしてもだ。もっと大きくなったら、陽太丸は友人と蹴鞠《けまり》をしたくなるだろうし、馬にも乗りたくなるはずだ。そんな時に、「庭は嫌だから遊ばない」と言うだろうか。いや、他の子らと同様、庭のことなど気にも留めず、元気に遊び回っているに違いない。

「なのに陛下は……」

「んー。まあ、その赤ん坊がさ。僕みたいな末っ子なら、のんびり行きましょうってことで話が通るんだろうけどねー」

「つまり、皇太子は完璧じゃないとダメなのか？」

「兄上はそう望んでるんだと思う。ほら、宮廷では何かと行事が多いからさー。紫宸殿の庭で蹴鞠大会だ！　ってなった時に、皇太子が庭に下りられないと流石《さすが》に拙《まず》いってか」

「何なんだよ。それって結局は、帝の見栄じゃないか」

やはり、ちょっとムカついてしまった。危惧した通り、玄龍帝は陽太丸を我が子として見てはいなかった。彼にとって陽太丸はあくまでも〝皇太子〟であり、息子ではなく後継者なのだ。でも、それでいいのか？　本当に？

「あ、宇月さん。オレ、もう一つ聞きたいんだけど」

「ん？　あーくん、何を？」

プーアール茶を飲み終えた宇月が秋斗に向き直る。庭を怖がることも十分に不可解だが、秋斗には他にも気がかりなことがあった。

周りから追い込まれた時の、陽太丸のストイックな表情――――。

泣いたりわめいたりしない代わりに『沈黙』する。溜め込んだ感情を、最初から無かったことにしてしまう。

泣くはずのところで泣かない陽太丸を見る度に、小さなあの子が〝心を持たない人形〟にでもなってしまったかのようで、不安を感じずにはいられなかった。

最初は宇月の屋敷で出会った時だった。秋斗に叱られた陽太丸は泣かない代わりに、かちんかちんに固まって、まるで息をしてないみたいだった。

次にあの顔を見たのは、紫宸殿に近い南の渡殿で「昼寝をサボった！」と高階姉妹から叱られていた時。その次は、内裏を逃げ回る途中で玄龍帝に正面衝突した時だった。あの時は、父親の並外れた気迫に呑まれていた感じだったが、抑揚のない表情でぼんやり佇んでいたのをよく覚えている。

「ひなたって、どうして泣かないのか、知ってる？　オレ、いつからかも知りたいんだ」

「そうですね。殿下が泣かなくなった時期……と言われましても」

「んーと、昔からだしね。僕の母なんかさ、どんな場面でも涙ひとつ見せないとは、さすがは帝の嫡子だけの事はある！　立派な世継ぎだ！　とかって褒めちぎってるんだけど」

「なるほど。宮中の評価は、そっち側なんだ」

「朝露の君は、違うのですか？」

「うん。オレは逆に……」

何とか自分の考えを二人に伝えようとした矢先だった。ドタドタと渡殿を踏みならす音が聞こえたと思うと、弓矢を背負った数人の武官が中に飛び込んで来た。恐らく近衛府の者たちだ。

「左近少将《さこんのしょうしょう》。これは、いったい何事か！」

「宇月親王殿下、こちらにおいででしたか」

（うわ！　こいつって……この前、白い子猫を抱いてたボディガードじゃん！）

前に進み出た男を秋斗がガン見する。

前回は猫に気を取られて気づかなかったが、左近少将は長躯な上に、三角筋、大胸筋がほどよく発達した屈強そうな若者だった。顔立ちは怜悧で貴族らしい品格も備えている。世間で筋肉バカと揶揄《やゆ》される類いとは明確に一線を画していた。近衛の将がエリートと呼ばれる所以《ゆえん》だろう。

（しかも少将ってことは、正五位の下！　オレより官位、上じゃん！）

だが、この男に首を落とされかけたのは紛《まぎ》れもない事実だ。いつか必ず仕返ししてやる！　とばかりに秋斗は相手を睨み付けたが、少将は「フン」と鼻を鳴らすなり、取り澄ました顔で口上を続けた。

こういう嫌味で不遜な一面も、やはり上司の玄龍帝に似るのだろう。

「実は、帝の命を狙う狼藉者《ろうぜきもの》が内裏内に侵入したとの通報があり、目下、各御殿を探索中であります。どうか少丞殿も我らにご協力を願います」

「待て。それはどういう意味だ。外衛は何をしていた？　あれだけの武官や兵を置きながら、お前たちは、敵がみすみす宮中に忍び込むのを許したというのか！」

間髪入れずに宇月が反論する。普段は人を責めたりしない宇月が、今回はまるで別人のようだった。だが裏を返せば、事はそれだけ重大だということだ。

「宇月殿下。全て我らの失態です。陛下にはありのままをご報告し、進んで罰を受ける覚悟です」

「当然だ。それで？」

左近少将が陳謝《ちんしゃ》すると、宇月は話の内容が漏れないよう、部屋で待機していた使用人を全て下がらせた。

まず、外衛とは内裏――いわゆる天子さまの宮殿――の外側を守る《兵衛府》《護衛府》の総称だ。少将の話によると、外衛では特に不審な動きは報告されていなかった。

にも関わらず今日の昼過ぎ、内裏の南東にある倉庫付近で、文官二名と近衛兵が『謎の賊《ぞく》』に襲われたらしい。しかも、賊はたった一人で三人を相手にした上、手傷を負わせていた。白装束に『鬼の面』を着けた犯人は「玄龍帝を成敗する！」とか何とか、意味不明なセリフを吐きながら清涼殿の方角に走り去ったが、未だに捕縛は出来ていない。

「では、兄上は？　陛下はご無事か！　皇太子殿下は！」

「はい。ご無事にございます」

「それで、今の状況は」

「陛下は紫宸殿にて大臣らと会議中です。都の警備も強化されるでしょう。皇太子殿下におかれましては、弘徽殿にてご静養。近衛府の精鋭部隊を配置しておりますので、どうか、ご安心ください」

「よかった……ひなた、無事なんだ」

秋斗はほっと肩を下ろしたが、宇月の表情は険しかった。

「襲われたのは三名と申したな。他に兵の負傷者は？　人手は足りているのか」

「幸い無事にございます。襲われた者も、命に別状はございません。人員は兵衛府、衛門府から増員を。非番の者も召し出しました」

「そうか、わかった」

ようやく安堵した宇月が、真顔で秋斗を向き直る。

「あーくん、ごめん。話の途中だけど、兄上たちの様子を見てくるね。香子は僕が送って行くから、安心してて」

「わかった。宇月さんも十分に気をつけて」

烏帽子を整えた宇月が、不安げな香子を連れて桐壺御殿を後にする。彼の背中からは、人々の暮らしを守ろうとする皇族の矜持が感じられた。貴族だからといって、気楽に遊んでいるだけではないのだ。

宇月が去ると、左近少将は部下に命じて御殿の中を隅々まで調べさせようとしたが、その時、別の使者が少将の元にやってきた。なんでも「内裏の北正面、玄輝門《げんきもん》の付近で怪しい人影を見た」との通報が入り、応援を求めに来たらしい。左近少将が部下と共に退去すると、桐壺御殿にようやくいつもの静けさが戻ってきた。

（あー、マジで疲れた……）

それにしても、平和そうに見える宮中で流血沙汰とは……。

平華京には防犯カメラなど一台もないし、消えた犯人を捜し出すのは容易ではないだろう。

（オレも、十分、気をつけなくちゃ！）

――ガラガラッ、ガッシャアアーンッ！

（え？）

「きゃああ！」

「主さま！　不審者を取っ捕まえました！　こちらです！」

膳の支度をする台盤所《だいばんどころ》からもの凄い音がしたと思うと、下働きの者たちが弓矢を背負った一人の男を秋斗の前に連れてきた。荒縄でギュウギュウに縛られた男性は、見た目三十過ぎくらいで、ひょろりと痩せてひ弱そうなタイプ。顔の造りはやや地味だが、奥二重の黒い瞳がどこか優しそうで好感が持てた。

「この人、近衛府の人じゃないの？」

「いえ、自分は兵衛府の者でありまして……」

「兵衛府？　つまり、内裏の中じゃなくて外側を守ってる人？」

「はい、仰せの通りです」

秋斗の質問に男はすぐさま答えたが、彼を捕まえた使用人たちは、信用しきれない様子だった。

「黙りなさい！　兵衛の武官が、少丞さまの御殿でこそこそする理由はありません！」

「そうだ！　そうだ！」

「主さま、犯人は狂暴な奴だと聞きました。油断してはなりません！」

「うん……そうなんだけど。一応、本人から話を聞いてみよう」

主の秋斗に諭されて、使用人たちも渋々承諾する。

「ありがとうございます。私は武官と名乗るほどの官位もない下っ端役人で、普段は内裏外縁の警護をしております。本日は非番でしたが……」

話を聞くと、男は地方の豪族の次男で、ごく最近、都に上ったばかりだった。今日は非番のはずが《不審者侵入》の知らせが入り、近衛府の応援に加わったものの、慣れない内裏で仲間とはぐれてしまったという。

「で、どうして、うちの台所に？」

「それはその……良い匂いがしたもので……」

青白かった男の顔が、熟したトマトみたいに真っ赤に変わった。要するに、腹が減っていたのだろう。

「わかった。じゃあ、こうしよう」

秋斗は兵衛府の士官を呼んで、男の素性を確かめることにした。外ではまだ犯人捜しが続いている。確認には時間を要するが、万全を期すにはこうする他ないだろう。

夕方になって、男の上官がようやく桐壺御殿を訪れた。男の身元は証明されたが、上官の顔色は優れない。平華京の屈強な武官たちは、天子さまを狙った『凶悪犯』を取り逃がしてしまったのだ。

＊　＊　＊

（ひなた、ちゃんと寝てるかなぁ……宇月さんはあれきりだし、凶悪犯のおかげで陰陽寮はもぬけの殻だし……）

沈丁花の香りが漂う庭先で、秋斗はひとり古琴をつま弾いていた。夜になって各御殿への捜索は一旦打ち切られたものの、大内裏、及び内裏内の見回りは続いている。衛兵の数も倍に増えたため、あちらこちらに人の姿がちらついてどうも落ち着かない。

気分転換に四郎を誘って囲碁でも打とうと思ったのに、訪れた陰陽寮に残っていたのは事務方だけだった。事件を知った貴族たちが「魔除けの札をよこせ」だの「厄払いをしてくれ」だのと一斉に詰めかけたおかげで、宮中の陰陽師は一人残らず駆り出されてしまったらしい。

普通の家庭で育った〝記憶〟を持つ秋斗にとっては、風水も八卦《はっけ》も陰陽道もただの言担《げんかつ》ぎのように思えてしまうのだが、江戸時代も似たようなものだったのかと、ふと考え込んでしまった。

「……あ！　そういえば……」

ある事を思い出して、秋斗は古琴の演奏を止めた。天蓋ベッドの傍にある文机に向かうと、高坏灯台《たかつきとうだい》の下で墨を擦る。墨を擦るのは小学校以来のような気がする。

「ええと、お母さんの形見で思いつくのは、と」

広げた半紙の上に墨を浸した筆で書き込んでいく。実は今日、例の兵衛府の警備兵から、《お庭恐怖症》対策に使えそうな話を聞いたのだ。

――私も物心が付かないうちに、母と生き別れました。

台盤所で食べ物を探していた際、偶然、皇太子の病気を耳にしたという男は、昔を懐かしむような口ぶりで語り始めた。

――ですが、父が申しますには、母の形見の品を身に付けると、私は不思議と機嫌がよかったそうです。

――それって、皇太子殿下を案じての助言、だったりする？

――いえ、いいえ！　滅相《めっそう》もない！

男は頭を振っていたが、昔の思い出を語る男の顔がとても柔らかで、温かかったから、秋斗の記憶にしっかり留まってしまった。

「装飾品の他にも、直筆の手紙とか残ってるといいな。宇月さんや四郎にも協力してもらって、何か見つけられるといいんだけど」

幼かったとはいえ、秋斗にはおぼろげながらも母との記憶が残っている。母親の思い出の品が陽太丸の心を少しでも癒やしてくれることを、今は願うしかなかった。

その時、

《……陽太丸……》

「え……っ？」

若い男の声が聞こえた。周囲には誰もいないのに。

（うそだろ、まさか……幽霊？）

いや、今日はもう勘弁してほしい。心の中で愚痴りながらも、ある事に気付いた。

初めて宇月に会った時も、何かが……いや、誰かがこんな風に語りかけてきた。呼び名を教えてくれた。これが幻聴でないなら、声にはきっと意味があるのだ。

暫くすると目の前を、〝青白い〟球状の炎がゆらゆらと舞うのが見えた。ちょうど、ホラー映画のお墓のシーンに出てくる人魂みたいな奴が……。

「えええええっ！　なんで！」

《……丸……》

ああ――――また彼だ。青白い炎の玉を見上げると、西の方角に向かっていくのが見えた。秋斗は携帯用の燭台を用意すると、部屋の端にうっちゃっていた烏帽子を被り直した。深夜に内裏を探索するなんて初めてだが、今はあの人魂を追いかけるしかない。そうしなければいけない気がした。

（いったい、どこまで行くんだろ）

昼間の賊に出会《でくわ》さないことを願いながら、暗い渡殿を進んでいく。ひたすら西へと向かっていた人魂が突然向きを変えたので、慌てて渡殿から下りた。低木がおい茂る庭を抜けると、見慣れない御殿に行き着いた。方角から察すると梅壺《うめつぼ》か藤壺御殿だと思うが、定かではない。

「秋斗。そこで何をしている」

（え？　その声は……）

燭台を声のする方に掲げると、朱い欄干の渡殿から玄龍帝がこちらを見下ろしている。月明かりに照らされた帝には、ツボスミレの濃い紅紫の袍《ほう》がよく映えていた。気品を備えた端正な顔立ちも威風堂々とした佇まいも、まさしく高貴な天子そのもの。知らずと目を奪われるのを止められない。

「なんだ。自分の主の声もわからぬのか」

「えっ……いや、そうじゃなくて」

またもや皮肉を言われてしまった。

「ぼんやりしているゆえ、朕に〝うつけ〟と詰《なじ》られるのが、わからぬのか」

浪々《ろうろう》とした声はうっとりするほど素敵なのに、言葉はちっとも優しくないから、素直に口に出す気もなれない。

「はいはい、夜も更けてるし、この際うつけで結構です。それより陛下こそ、供も連れずにお一人でどこに行かれるのですか」

「朕の宮廷だ。朕がどこに行こうと、きさまの許しなど要らぬ」

「そ……」

(そりゃ、そうだけど。そういう言い方しなくても)

天子さまの前だと知りながらも、つい俯いてしまった。

確かに自分は玄龍帝と相性が悪い。最悪だと言ってもいいだろう。初っぱなから古琴の弦を切られてしまい、帝とは知らずに責め立てた。三姉妹に虐められていた皇太子を救おうとして、よそ見をしてぶつかって、そのあと、厚かましくも直訴までした。

《白い子猫事件》では、「それでも親か！」と罵った。「変態鬼畜のドS」と罵りもした。

これで胴体と首が繋がっているほうが、不思議なくらいだ。

でもだからって、毎回のように嫌味を言われるのは正直辛かった。思ったことを口にする自分が悪いのだが、それでもたまには優しい言葉を掛けてほしかった。

気まぐれでもいい、優しくなくとも普通でいいのだ。そう、ごくありきたりの扱いでも。

だって、月明かりの下では、帝はこんなにも素敵な人なのだから……。

「そうだ。秋斗、どうせ暇なのだろう。朕について参れ」

「はい？」

見上げると、手にした扇子を唇にあてた帝が薄い笑みを浮かべている。

「暇じゃないですけど……あの、どちらまで？」

「北西の雷鳴壺《らいめいつぼ》だ」

雷鳴壺は梅壺のちょうど真西にある御殿だった。御殿の格も高くはないし、桐壺同様、あの御殿には長らく主がいないと聞いていた。秋斗が桐壺を賜ったのも側室が入居していなかったからだ。玄龍帝の御代になってから、側室の数は減らされたとかどうとか……。

「今宵、雷鳴壺でちょっとした宴が催されているのだ」

「凶悪犯が捕まっていないのに、ですか？」

「そんなものを怖がる朕だと思うのか？」

まあ、そんな所だろうとは思った。

「招待客は朕が選んだ。花街のきれいどころも呼んである。みな気の置けない者たちで、男も女も目移りするほどの美人揃いだぞ？　ああ、秋斗は初参加だから、相手を選ぶのにさぞ苦労するであろうな」

「初参加……男も女も……相手を選ぶ……」

「もし行為の相手に迷ったなら、朕の褥《しとね》に入るがよい。朕が赦す」

「は？　しとねってベッド……じゃなくて布団のことですよね？」

「ああ、無論、そうだ。交わる相手が四人になったところで、動じる朕ではないゆえな。それに秋斗は不器用そうだから、いっそこの朕が優しく手ほどきをし、淡雪のように白いその躯を隅々まで慰めてやろうではないか。それでどうだ？　よい話であろう」

「え……いや、ちょちょ……待ってッ！」

花街。交わる。四人。すみずみまでなぐさめるぅ？

妖《あや》しげで卑猥《ひわい》な妄想が、脳裏を快速で駆け巡る。四Pなんてビデオでも見たことがないのに、それを帝と？　褥で？　と考えるだけで背筋が強ばった。全身がカッと熱くなって、目眩がしてきて今にも倒れそうになるのを、秋斗は持ち前の根性だけで耐えていた。

「陛下！　それってつまり、天子さま公認の乱交パーティーじゃないですか！　そんなことしてていいんですか？　みんな、役人を傷つけた犯人を追ってるのに！」

「ほう。秋斗は、朕では不服と申すのか」

「いや、そーゆー意味じゃなくて」

「普段は威勢がよいわりに、この程度で顔を赤らめるとは情けない。もう大人だと思っていたが、朕の見込み違いであったな。秋斗、すまぬ。ゆるせよ」

ふっと笑って、玄龍帝がほの明るい渡殿をすたすたと歩き出す。

（なにが、ゆるせだ！　初めから、オレをからかうつもりだったくせに！）

乱交パーティーの話にしても嘘臭かった。帝が何を考えているのかもわからないが、今は構っている場合ではなかった。人魂を探そうと辺りを見回した時、

（……！）

ゾクっと悪寒がして、全身が総毛立つ。

《……ひなたまる……ひな……》

声と共に、床に倒れた陽太丸の姿が目に飛び込んで来た。うつ伏せの肢体は小刻みに震えて、ぷっくらした唇が藍で染めたように真っ青だ。

「……ひなたを、助けなきゃ！」

だが、瞼に焼き付いた情景からでは、具体的な場所がわからなかった。戸惑っていると先ほどの青白い炎が現れる。揺れる人魂を追いかけて秋斗は走った。御殿に続く階段を上

って、庇を進んだところで開けっぱなしになっている格子の扉を見つけた。

「ひなた！　どこだよ、ひなた！　ひなたあっ！」

中に飛び込んで燭台を翳《かざ》すと、まな板や大皿が並んだ作業台の下に気を失って倒れている陽太丸を見つけた。

「陽太丸！」

「へ、陛下！　どうして……！」

尋ねても答えはない。玄龍帝は秋斗を押しのけると、ぐったりしている息子をすぐに抱き上げた。燭台の仄かな明かりに照らされた帝は、ひどく動揺していた。普段の冷静さなど、どこかに置き忘れたかのようだった。

（陛下は……ひなたを、本気で心配してるんだ）

やっぱり彼は父親だった。どれほど厳しくしたところで、心の奥底では陽太丸を大事に思っているのだ。よかったと心底思う。

この人が冷酷なだけの父親でなくて、よかったと……。

「ヒナは朕が連れて行く。おまえは先を歩いて道を照らすのだ。よいな、秋斗！　早くしなさい！」

「わ、わかった！」

小部屋からは煮魚や貝の匂いがした。帝に先んじて部屋を出ると、敷居につまずかないよう明かりを近づける。

「泰之！　泰之！　どこにいる！」

「……此処《ここ》に！」

ややあって暗がりから左近少将が現れた。背後には松明を持った衛兵の姿も見える。

「すぐに侍医を呼べ。高階の屋敷にも内密に連絡を。朕と秋斗は清涼殿に戻る。他の隊にはこの件を伏せておけ。よいな」

「御意」

少将は部下の一人を従えると、暗闇の中を走り出す。他の者は持ち場に戻るようだった。

恐らくは、昼間の犯人探しが今も続いているのだろう。

秋斗と玄龍帝は清涼殿へと急いだ。異変を知らせてくれた青白い炎は消えてしまったが、それについて深く考える余裕など、秋斗には一ミリもなかった。

＊
＊
＊

美しい縁取りの畳のベッドで、陽太丸は小さな寝息を立てていた。

北の果ての桐壺とは異なり、清涼殿の「敷き布団」は厚みもあって弾力もある。これなら幼い幼児がむずかることもなさそうだった。

左近少将の計らいで、安福殿《あんぷくでん》からは優秀な侍医が三人も駆けつけた。安福殿とは内裏に設けられた医者の詰め所で、紫宸殿を挟んで後宮とは反対側にある。駆けつけた侍医の見立てによると、陽太丸は食あたりを起こして倒れたらしい。

陽太丸が見つかったのは、梅壺御殿の台盤所だった。あの場所には女御らの食べ残しが放置されていたし、異臭がしたようにも思う。

《白い子猫事件》のあと、可愛そうに陽太丸は塞ぎ込んでしまい、食欲も落ちていた。でも、そうは言っても育ち盛りだ。空腹から夜中に目覚めることも度々あって、そんな時は皇太子付きの侍女が世話をしていた。だが、面を被った侵入者のせいで、内裏は蜂の巣を突いたような騒ぎだった。後宮の女御も侍女も使用人たちも、全員が疲れ切っていた。だから、寝所をこっそり抜け出した陽太丸に気付けなかったのかもしれない。

「秋斗。おまえも桐壺に戻るがよい」

「はい？」

ふいに話を振られて向き直る。

薬湯《やくとう》を煎《せん》じに侍医が出て行くと、母屋には帝と秋斗の二人だけが残された。秋斗は眠っている幼子の傍らに移動する。帝は少し離れた場所で、文机の上に積まれた奏上を読んでいた。

「あの、オレが居たら、仕事の邪魔ですか？」

「邪魔とは申しておらぬ」

「だったら、いいじゃ……いえ、いいですよね」

今追い出されるのは嫌だった。まだ陽太丸が心配だからだ。布団の上の幼い皇太子はいまだ熱に魘《うな》されて、その小さな身体を震わせていた。

「こんなの見てられない……オレ、薬湯を急ぐよう、侍医に掛け合ってきます」

「そう慌てるでない。薬の配合には時を要するものだ」

「でも、オレは！　オレは陛下みたく人間が出来てないし……ただじっと待ってるなんて出来そうにありません」

「まったく、おまえという奴は……」

深い溜息を零した玄龍帝が奏上を置いて立ち上がる。秋斗の傍まで歩いて来ると、烏帽子を取れと命じた。

「え、取っていいんですか？」

「ああ、朕が許す。ただし、この部屋だけだぞ」

「うん。宇月さんから『烏帽子と冠は絶対に取るな！』ってきつく言われてて。慣習だから仕方ないけど正直、面倒なんだよね」

そそくさと帽子を脱いだら、ゴツゴツした手が秋斗の髪をクシュっと撫でる。

「ちょ！　何するんですか！」

「幼い頃はこうして、猫の頭を撫でたものだ」

「猫？　オレ、猫じゃないし……」

ムっとして顔を上げたものの、玄龍帝が寂しそうに笑うから、思わず面食らってしまった。この人のそんな表情を見るのは初めてだった。

「へ……陛下も、昔を懐かしんだりするんですね」

「それで、どうして」

「はい？」

「秋斗はなぜ、陽太丸が台盤所にいるとわかったのだ」

「えっ、そ、それはその……青白い人魂が見えた、とか言っても信じてもらえない……だろうし……」

気まずく口籠もると、また、頭をクシュクシュされてしまう。

「そう無理に答えずともよい。おまえが保名の護符の影響を受けたのは知っている。大方、その余波であろう」

「陛下は護符について詳しいんですか」

話が通じたことにまず驚いた。それでつい聞き返してしまったが、玄龍帝は何も答えなかった。ただ黙って秋斗の隣に座り、眠り続ける息子にそっと手を伸ばす。

でも、その手が陽太丸に届くことはなかった。

帝が途中で止めてしまったから――。

「コレが消えてしまったら、朕は一人になるのだな」

誰に言うでもなく帝が呟いた。それでやっと気付いた。妻を失った天子に残されたのは、ここにいる陽太丸だけなのだと。

「あ、あの、陛下は知らないかもだけど、ちゃんと味方がいますから」

「味方？」

考えるより先に言葉が口をついて出た。

「宇月さんも左近少将も、いつだって陛下を心配してます。高階家の姉妹もそうだし、陰陽師の四郎も、お……オレだって……」

最後の方は尻すぼみになってしまったが、偽りのない気持ちだった。帝はムカつく奴だけど、彼は陽太丸の父親だ。それに、さっきは陽太丸を助けようとしてくれた。ぐったりした息子を抱き抱えながら、薄暗い渡殿を矢のように駆けたのはこの人だ。

他の誰でもない。帝は正真正銘、陽太丸の親だった。

「だから……」

「秋斗。遅くなったが礼を言う」

「えっ！　いやそんな、オレは当たり前のことをしただけで」

「バカが、冗談だ。だいたい、きさまのせいで朕がどれだけ苦労したと思うのだ。ヒナを見つけたくらいで帳消しになるなどと、いったい、どの面を下げて言えるのか」

「は……はあ？」

呆気にとられた隙に、またクシュクシュと撫でられてしまう。顔を上げると、ひどく優しい目をした玄龍帝と目が合った。何か言いたげなスモーキークォーツの瞳に吸い込まれそうになる。心の奥で何かが弾けた。それが何かはわからなかった。

あともう少し、この瞳を見つめていたなら、答えが分かるのだろうか……。

「お、オレは……」

だが、先に視線をそらせたのは帝のほうだった。

「秋斗、先に言っておく。安易に人を信用するでない」

「いきなりだな……オレ、何の話かわかりませんけど」

「この先も宮中で暮らしたいのなら、もっと人を疑えと申しておるのだ。おまえは人を信じすぎる。軽々に信じていては、誰も守れぬ」

「そんなの……」

帝が何を言おうとしたのか、今ひとつ分からなかった。一般論としてはそうかもしれないが、では、帝は誰を疑えと言うのだろう。

「もっと分かりやすく言ってくれないと、オレ、分かりません。オレだとひなたを守れないってことですか？」

「もうよい、秋斗。話は終わりだ」

「って、終わってなんか……」

その時、慌ただしい足音と共に、御簾が開かれる。

「陛下！　ただいま戻りました」

「これで、皇太子殿下のお熱も下がります！」

御簾からなだれ込んできたのは、薬湯を手にした安福殿の医師たちだ。彼らのおかげで気まずい空気はかき消されてしまった。秋斗が抱いた疑問も一緒に。

「ささ。熱いからよく、冷まさないと」

「いや、グズグズするでない！　私が代わる！」

「ああ、なんと不器用な……殿下の顔に掛かったらどうするのだ！」

先を争うようにして、侍医が薬湯を与え始めた。秋斗はそれを遠目から眺めるしかなかった。やがて陽太丸の小さな身体から汗が染み出すようになると、震えも徐々に治まり始めた。

「あ！」

「目を……目を開けた！　皇太子殿下が、目を開けられましたぞ！」

「ひなた！」

目覚めたばかりの幼い陽太丸を大人が一斉に取り囲む。青白かった唇にはすっかり赤みが差している。

「殿下、殿下！」

「……」

「お腹の具合は如何《いかが》ですかな？　お痛みはどうですか？」

「……」

三人の侍医が順に言葉を掛けたが、陽太丸は押し黙ったままだった。ややあってムクリと半身を起こしたが、そこでピタリと止まってしまった。声を発することもない。表情が変わることもない。しっかりと目を開けて息をしているのに、陽太丸の心だけが〝夢の世界〟にまだ留まっているかのよう……。

（ひなた……！）

居ても立ってもいられずに、秋斗は病人の正面に回り込んだ。膝立ちの姿勢でもって布団の上を歩いて進んだ。陽太丸の可愛い顔がすぐそこに見える距離までだ。

「ひなた。お腹が治ったら、琴を弾こうか」

「……」

「オレ、ずっと練習してたんだよ？　ひなたに教えて上げたくて、色んな曲をピックアップしたりしてさ」

それでも、彼はうつむいたまま。

それでも、秋斗は諦めない。

「そうだ。やっぱ、最初に練習するのはジュディ・ガーランドの《虹の彼方に》だよな。ひなた、あれが気に入ってただろ？　ほら、サームウェイ、オーヴァーザレインボ～～」

「……！」

秋斗が口ずさんだ瞬間だった。陽太丸の肩先がビクッと震えた。

（ひなた！）

「ほら、思い出しただろ？　サァームウェイ～」

「……れー、いんぽー？」

「うん。合ってるよ、ひなた」

「……あ……あーと……」

「うん」

「あーと……こ、ちゃ？」

「うん。あーとはここだよ？　ここにいるよ？」

「……！」

突然、陽太丸がグルグルと首を回す。無くした物を探すみたいに。そのうちに正面の秋斗と目が合うと、陽太丸は大きな瞳をさらに大きく見開いてみせた。

「どーした？　ひなた」

「あ……あっ、ああああああとぉ――――ッッ！」

「え？」

丸くて愛らしい顔が、くしゃっと歪《ゆが》んだその時だった。真夜中の清涼殿に幼児の叫びが轟いた。大人たちがドン引きする中を、陽太丸は立ち上がった。今にもよろけそうな足取りでもって、秋斗のいる場所へと歩いて行く。

「あ、と……ひ、ひにゃ……」

「危ない！　こっちにおいで！」

腕を伸ばして、よろける陽太丸を抱き留めた。なおも強く抱きしめたら、くるくる巻き毛が頬に当たってくすぐったい。

「よし！　ひなた、よくやったぞ！」

「び、びびびびえええええ〜〜〜〜っ、ヒッ、ひっく、びえええ〜〜、えっ、エッ、びびええええ〜〜〜っ」

「ひ、なた？」

「皇太子殿下が……」

そう――陽太丸は泣いていた。赤ちゃんみたいに泣いていた。自分が慰めないといけないのに、なぜだか目頭が熱くなってくる。

「あの、人前では決して泣かなかった陽太丸様が……」

「皇太子殿下は、どれほどお辛くても皆の前では我慢して、我慢して……そんな殿下が、ついにギャン泣きを……」

しかも感動した侍医たちまで〝もらい泣き〟してしまって、清涼殿は逃げ出したくなるくらい五月蠅《うるさ》かった。でも、これでよかったのだと思う。泣きたい時に泣けないなんて、そんな窮屈な苦労は、大人になってからすればいいのだ。

「そっか。お腹が痛くなったのに、誰も来てくれなくて……ひなたはすごーく怖かったんだよな。いいよ、ひなた。好きなだけ泣いちゃえ！」

「えっ、うえっ、びえええ～～～」

秋斗が陽太丸をあやしていると、女官たちがやってきて皇太子の新しい寝床や寝間着を用意し始めた。視線を移すと、壁際の金屛風の前に、玄龍帝が佇んでいた。彼自身も驚いたのだろう。珍しく呆けたような顔をして、泣きじゃくる息子を遠くから眺めていた。

そんな〝隙だらけ〟の彼を見るのも初めてで、秋斗は胸の奥がチリチリと震えるのを感じる。どうしてかはわからない。それでもきっと、今夜のことは忘れないだろう。そう思えて仕方なかった。

◆5　皇后の形見と、皇位を狙う者

――皇太子殿下は、どれほどお辛くても我慢して……。

侍医はそう言ったが、秋斗の考えは少し違った。あれは我慢というよりも「逃避《とうひ》」に近い。無論、最初は我慢していただろう。そうすることで『周囲の期待』に応えることが出来たから。でもそれが限界に達した時、人はどうするか。

感情を爆発させる人もいるだろうし、逆に感情に蓋をする人もいる。

ストレスを感じなくてすむように、自分自身を騙すのだ。

「泣きたい」という感情を心の外に捨てる。あるいは殻に閉じこもって「感じない」振りをする。陽太丸が魂のない人形みたいに見えたのは、多分そのせいだ。

でも、陽太丸は自分の中の「感情」と素直に向き合い始めた。人前では決して泣かない「よい子のお人形」と決別したのだ。ただし、これには予期せぬ誤算があった。幼児特有の「イヤイヤ期」って奴が、顔を覗かせ始めていた。

「それで、これは何だ」

「えと。ローテーブルです。六人掛けの」

暖かな春の日差しが溢れる《弘徽殿》の母屋で、玄龍帝が不満げな表情を浮かべたが、秋斗はさほど気にしなかった。こっちに来てからわかったことだが、彼はほぼ四六時中、ああいう顔をしている。だから、今さら気に掛けても仕方が無いというか、気にするだけ時間の無駄というものだろう。

(ほんと、早く老けても知らないからな)

もっとも、仏頂面が顔に貼り付いてしまった天子さまに、同情しないわけではない。ただ、居座られて引っ越し作業を邪魔されるのも嫌だったので、秋斗は適度に機嫌を取ることにした。

「てえぶる、とは、机という意味か」

「わあ、陛下、さすがですね」

にっこり微笑むと、また斜に睨み返された。

「フン。何が流石だ。心の底では思っていないだろう。それに、こんな大きな物を無断で持ち込んで、人様の迷惑になると思わないのか」

「え、でも、ひなたが好きだから」

「ちゃ！　てーぼー、ひにゃの！」

「……なっ！　おまえたち、いい加減に！」

「ひにゃの、だもーん」

秋斗の衣装箱を覗き込んでいた陽太丸が、トコトコと小走りでやってくる。小さな頭に乗せた紙製の兜は秋斗の手作りだ。台盤所で使用人たちが『端午の節句』の話をしていたので、折り紙を思いついた。

「似合ってるよー、ひなた」

「……きゃはっ」

陽太丸が嬉しそうに微笑みながら、秋斗の指をギュッと掴んだ。

「じゃあ、パパにもギューッて、してあげよっか」

「ぱあ、あ？」

秋斗が隣の玄龍帝を見上げると、陽太丸も同じように父を見上げた。その瞳にはまだ「不安」や「照れ」が滲《にじ》んではいるが、それでも微笑みかけることは出来る。父親を怖がって

ばかりだった頃を思うともの凄い進歩だ。すると、

「ぱ、ぱぱではない。父上と呼ぶように躾《しつ》けているのに、よ……余計なことをするでない！」

凛々しい顔を赤く染めた玄龍帝が、ムスッとした顔で踵を返す。それを見た陽太丸が寂しそうにするから、秋斗はすかさずフォローした。

「ひなた。あれはねー照れだよ、照れ。ほんとはね。ひなたが大好きなのさ」

「ぱあぱ、ひにゃ……しゅき？」

「うん」

陽太丸が、遠ざかる父の背中を小さな指で指差した。それを見ていた弘徽殿の使用人たちは、笑顔で何度も頷いてみせた。


《真夜中の食あたり事件》以来、陽太丸は夜、独りで寝るのを嫌がるようになった。あれほど聞き分けのよかった子供が、イヤなものはイヤだと態度で示すようになったわけだ。

当然、少補たちは困惑したが、事件の直後ということもあって強く叱るわけにはいかない。

そこで朝廷は、後宮から《新たな世話役》を推挙することにした。選ばれたのは皆、家柄のよい才色兼備の美女ばかり。この企《くわだ》てには「もういい加減、正妻を娶《めと》って欲しい」という独身君主への願いも込められている。

だが、陽太丸は召し出された女御らを「やだ！」と一刀両断した挙げ句、「あーと！　いっちょ！」と、あっさり秋斗を名指した。これでは、帝のためにせっせと花嫁候補を選抜した朝廷の面目《めんぼく》も丸潰れだ。

話を聞いて激怒した玄龍帝は、早速、弘徽殿に向かった。皇太子たるもの、やたらめったら我が儘を通して許されるはずもない。そう諭しに行った帝は、だが返り討ちに遭ってしまう。あれほど父を畏《おそ》れていた息子が、事もあろうに玄龍帝を「キッ！」と睨み返したのだ。

あの、愛くるしい天使みたいな陽太丸が、である。

気圧《けお》された帝は、眉間に深い皺を寄せながら清涼殿に戻っていった。この話を秋斗に伝えにきた香子が、必死に笑いを堪えていた事は二人だけの秘密である――。

そんなわけで、陽太丸が落ち着くまでの間、秋斗が弘徽殿に入ることになった。ただし、北の果てに置かれた《格下の桐壺》とは異なり、清涼殿の隣の《弘徽殿》が下級貴族の男の宿舎として使われるのは、後宮始まって以来の珍事だそうだ。

それを分かった上で秋斗を推挙《すいきょ》したのは、他でもない香子の姉、中務少補だと知った。

――そもそも、陛下も悪い。いつまでも正妻を迎えず、独り身が気楽でよいなどと、先に我が儘を通したのは陛下です。

確かに、陽太丸が一歳になる前に帝が妻を迎えていたなら（もっとも、皇后の喪中《もちゆう》なので、式を挙げるのは無理だとしても）、陽太丸は迷うことなく、新しい母に懐いただろう。帝に甘えるのが難しくても、母親になら素直に甘えられたはず。そうすれば、感情を手放すほどに、自分を追い詰める必要もなかった。

それは帝自身も理解していたようで、ぴしゃりと言い放った少補に、玄龍帝は返す言葉がなかったらしい。

（……てことは、陛下が嫁をもらうのも時間の問題かな）

いつかは、その日がやってくる。

自分が陽太丸の傍にいられるのは、今の間だけなのだ。

その夜、皇太子を寝かしつけた秋斗は静かに《弘徽殿》を出て、中の殿とも呼ばれる《仁《じ》寿殿《じゆうでん》》に向かった。琴の稽古をするためだった。

桐壺御殿は、内裏の北の端だったこともあり、どれだけ楽器を弾こうがクレームが出ることはなかったが、弘徽殿は違った。周囲には女御の御殿がひしめき合っていて、朝から人の出入りが激しかった。昼間、紫宸殿で会議や催しが開かれると、うっかり大きな音も立てられない。それに陽太丸が起きている間は、まとまった練習時間を取るのも難しくて、つい後回しにしてしまう。

そんなわけで、夜の間だけ《仁寿殿》の東の隅を借りることにした。後宮からは少し離れていて、でも、皇太子が眠る弘徽殿とはさほど離れてはいない。何かあっても、すぐに駆けつけることが出来るだろう。ほの明るい月明かりの下を、秋斗は燭台を手に進む。

（そう言えば……子供が大きくなるまでは、親は自分の時間なんて持てないんだって、おばあちゃんも言ってたっけ）

ふと懐かしくなって、つい笑ってしまう。すると、

「何を一人で笑っている。気持ちの悪い奴だな」

「……はあ？」

《仁寿殿》に差し掛かった辺りで珍しく玄龍帝と出会した。相手は当然、二人ほど侍従を従えていたが、幸いなことに左近少将はいないようだ。

（よかったー。刀に物を言わせる奴って、やっぱ好きになれない……）

内心ほくそ笑んでいると、しかめっ面の玄龍帝に睨まれてしまった。

「秋斗。なぜ供を連れていないのだ。夜間に出歩く際は、必ず、侍従か衛兵を従えるように命じたはずだが」

「えと……そうでしたっけ？」

そう言えば、先日の《鬼面男、侵入事件》以降、警備が厳重になっていた。後宮にも通知が徹底されたのだが、自分は一応男だし、一人で自由気ままに動くことが当たり前になってしまっている。

「何がそうでしたっけ？　だ。もうよい。朕が東の間まで送って行こう」

「え！　いや、けけけ結構ですから！」

「うるさい。有無は言わせぬ」

（そ、そんなああ……）

正直面倒だと思ったが口には出せない。仮にも相手は天子さまだ。徒《いたずら》に逆らって、左近少将みたく〝ムダに血の気の多い武官〟に刀を突きつけられるのは、本意ではない。

「わかりました。よろしくお願いします」

「フン。本当におまえは変わっている。ヒナは、おまえのどこを気に入ったのやら」

（あれ、今、陽太丸のこと、ヒナって呼んだ？）

そう言えば、梅壺の台盤所で陽太丸を見つけた時も、ヒナと呼んでいたように思う。あの時、玄龍帝は息子を本気で案じていたから、普段のよそよそしさを取り繕う余裕もなかったのだろう。まあ、その辺りを変に突っ込むと、彼の機嫌を損ねるのは間違いないので、気付かないふりをしていよう。

（……ほんと、世話が焼けるのは、どっちなんだか……）

「おい、ニヤついてないで、さっさと付いてこい」

「はーい！」

玄龍帝のボディガードに囲まれながら先を急いだ。

《仁寿殿》の東の間には、すでに秋斗御用達《ごようたし》の古琴や箏が用意されていた。秋斗が譜面片手に練習を始めると、帝も隣の小部屋に照明を灯して、自分の仕事を始めたようだ。小部屋には「塗籠《ぬりごめ》」と呼ばれる土の壁があるので、箏の音もある程度は遮断されるはずだ。

そのあと、どのくらい時間が流れただろう。一息吐いた秋斗が襖ごしに小部屋の様子をうかがうと、パラパラと紙をめくる音が聞こえてきた。趣味の読書に勤《いそ》しんでいるのか、それとも朝廷に上げられた奏上に、まだ目を通しているのだろうか。

気になった秋斗は、侍従に頼んで熱めの緑茶を用意してもらう。平華京には大陸の唐から様々な茶葉が輸入されていて、秋斗はそれを工夫しながら飲んでいた。

侍従が淹れ立てのお茶を運んでくると、秋斗がそれを小部屋に運ぶ。

「陛下、お茶を淹れたから、休憩しませんか」

声を掛けたが、返事がない。

「勝手に開けちゃいますよー。うたた寝してたら、風邪を引きますからね」

中に入ると案の定、玄龍帝が文机でうたた寝を始めたところだった。頬杖を付きながら頭を揺らす帝の肩をそっと叩く。

「パパさん。起きてくださーい」

「……っ。なんだ、おまえか……朕を驚かすでない」

切れ長の双眸が瞬くと、長い睫が揺れる。やっぱり綺麗な顔立ちだとあらためて思う。

「よい香りのする茶だ」

「はい。オレが考案したフレーバー茶です。使ったのは南庭の木蓮《もくれん》の花。ジャスミンもいいけど、木蓮のがさっぱりしてて上品かなって」

「ふれえばあだの、じゃすみんだの、おまえの言葉は理解に苦しむ。それも全て、夢の中で覚えたのか？」

頷くと、玄龍帝はややもうんざりした表情で秋斗を見たが、

「まあ、この茶も悪くはない」

だったら、素直にそう言えばいいのに。ほんとに天邪鬼《あまのじゃく》だ。

「オレ、そろそろ戻りますけど……陛下も休まれてはいかがですか？　明日も早いんでしょう？」

「いや、そうはいかぬ。じきに、雨季がやって来るからな」

「雨季？」

　オウム返しに尋ねると、帝は格子柄の蔀戸《しとみど》に目をやった。その穏やかな瞳は格子のずっと先を見ている気がした。

「幸い、我が国は大陸の国々と地続きではない。だから唐や吐蕃《チベット》のように、国境に多くの兵を割く必要は無い。わかるか？」

「ええ、それは」

「だが、天災は別だ。水害に干ばつ、台風。これらは民が望まなくても、起きてしまう。朝廷にはそうした厄難から民を守る責務がある」

「つまり、梅雨《つゆ》になる前に、予《あらかじ》め備えておくってこと？」

「その通りだ。秋斗も少しは物が分かると見える」

「あのね」

　だが、具体的にどうするんだろう。よく考えてみると、今の今まで政治について深く考えたことがなかった。大学まで進んだにも関わらず。だが、帝や朝廷にとっては、それが仕事だ。皇太子の将来を気に掛けるなら、これからは政治についても学ぶべきかもしれなかった。

「それに、今は春で気候がよい。夏のうだるような暑気は、頭の回転を鈍らせる。やれる時に普段以上の仕事をこなしておくのは、帝として当然のことだと思うが？」

「まあ、ここには、エアコンも扇風機もありませんからねえ……」

深く相槌を打ちながら、はたと気付いた。

平華京には電気が通っていないことに――――。

「え！　じゃあ、オレって、どうやって夏を乗り切ってたんだろ！　うそ、マジ？　シャワーもないのに！」

「ったく。だから、きさまはうつけなのだ」

「そんな風に言われても……紅蓮池で溺れて以降、あらかたのことは忘れちゃったんだから仕方ないよ」

とにかく大きめの団扇と、水浴び用の桶は用意した方がいいだろう。他にも御殿で出来る「暑さ対策」がないか、色々考えを巡らせていると、

「ところで、秋斗」

「はい？」

「夢の世界では、電気とか申す信じられないほど便利な《魔術》があると聞いたが、具体的には、どういうものなのだ」

「え！　どうして、その事を！」

「陰陽師という輩は、自慢話が好きだからな。総じて口が軽くなる。中でも安倍の四郎などは酒好きのくせに驚くほど酒に弱い」

「じゃあ、四郎から全部……」

酔った四郎が調子に乗ってしゃべり出す姿を想像するのは、確かに簡単だった。

「おまえが夢の中の父親に会いたがっていることも知っている。自慢の親だそうだな。一人息子を軽々に身売りした、酷薄な小野の両親とは違って」

「そんな！　オレ、別に両親を恨んでなんか……いない、はず」

強く否定出来ないのは、小野の家族の顔を思い出せないからだった。育ててもらった記憶もないので特別な感情も持てずにいる。

薄情なのは、自分の方だ――。

「だが、秋斗。朕に夢の話をするのは、別に悪いことではないぞ」

「そうですか？　でも、本当は陛下だってオレをバカにしてるでしょ？　たかが夢の話なのにって」

「おまえ……」

多分、的を得ていたのだろう。玄龍帝が言葉を呑み込んだ。

宇月や四郎にしても同じだった。秋斗の《夢の話》に耳を傾けてはくれるが、心のどこかで「そんなのあり得ないよ」と感じているだろうことは、なんとなくわかる。

その事を責めたりする気は毛頭なかった。電気のない平華京に、電話やエアコンを理解しろというほうが無茶なのだ。

しかも、秋斗の身体には昔に負った〝火傷〟の痕がどこにもなかった。つまり、その記憶が間違っているのだ。夢の記憶がどれほど鮮明であっても、「あれはただの夢だ」と自分に言い聞かせるしかなかった。

「秋斗。そう卑屈《ひくつ》になることはない」

ハーブティーを飲み終えた帝が、空の湯飲み茶碗を机に置いた。

「現におまえの話は時折、朕の役に立っている」

「ほんとに？　同情じゃなくて？」

「おまえな。朕がそれほど、心の広い人間だと思うのか？」

「え、と、それは……」

「もし、朕が寛大な人間だったなら、息子をあのように追い詰めたりはせぬ」

「陛下……」

「だが、朕は偏狭《へんきょう》な人間だ。心の病を克服《こくふく》できない息子に、親として手を差し伸べるべきだったのにそれも出来ず、ただ怒りをぶつけてしまった」

「ひなたなら、わかってくれると思います」

「……だとよいが」

ふっと笑って、帝が小部屋の天井を仰いだ。

寂しそうな微笑みに、なぜだか心がキュンとした。

「先ほどの夢の話だが。国を豊かにするのに役立つなら、朕はいくらでも話を聞いてやってもよい。朕とヒナはこの国の民に養ってもらっているのだから、彼らに恩返しをするのは当然のことだ」

そこで玄龍帝は読みかけの奏上を畳み始めた。清涼殿に戻るのだと思ったが違った。帝は秋斗の烏帽子を脱がせると短い髪をクシャクシャと撫でる。

そんなに撫でたいなら、自分で猫を飼えばいいのに。

「おまえは知らぬだろうが。昔は皇后と二人して国のあり方について夜更けまで議論をしたものだ。あの頃の朕は、まだまだ子供で……」

「皇后さまと？」

「……何でもない。秋斗、もっとこちらへ」

「へ？」

「肩を貸せ、と言っている。早くせぬか！」

塗籠の壁にもたれかかった帝が仏頂面で秋斗を睨んだ。言い出したら聞かない人なので、秋斗も仕方なくそれに倣った。

「こう、ですか」

「ああ……それでよい」

顔を合わせたら文句ばかり言う帝とこんな風に過ごすのが、不思議と嫌では無かった。

陽太丸が一緒なら、もっと楽しいだろうなと思う。

「秋斗」

「……はい？」

「朕も、おまえの夢の中に入ってみたいと思うことがある」

「そうなんですか？」

「飛行機とかいう乗り物で、たくさんの国を見て回りたいのだ。互いに足りないものを貿易によって補う。そうすれば、民の暮らしはもっと良くなるだろう」

「そうですね。ただ、人間って欲深いからなぁ……まあ、地球を虐《いじ》めない程度でなら、生活を向上させるのは、良いことだと思いますよ」

「ちきゅう？　また新しい言葉か。あとで字を教えろ」

「はいはい、了解です、陛下」

笑って返事をしながら気付いた。玄龍帝は思いのほか、好奇心が旺盛らしい。こういうタイプの人は、たいてい人の話を最後まで聞く。偏見を交えて話を遮ったり、話の腰を折るようなこともしないだろう。前に父が言った言葉を思い出す。

――秋斗。先入観を捨てて、人の話にちゃんと耳を傾けなさい。

そうでなければ、多くの知識を正しく得ることなんて出来ないからと。

（要するに。陛下って見かけによらず、真面目でいい人なのかな）

「……あきと……」

「はーい。聞いてますよー」

「ついでに、秋斗の自慢の父親にも会えそう……か……」

「ええ、会うのは構いませんよ。言っときますけど、オレの父は陛下に負けないくらいのイケメンですからね」

「……スゥ……」

「って……陛下？　あの……ねちゃった？」

静かな寝息に秋斗の瞼も次第に重くなってくる。そうこうするうちに、帝を案じた侍従が入ってきたので、秋斗は烏帽子を被り直して弘徽殿に戻った。

明日、陽太丸が目覚めたら「パパが謝ってたよ」と教えてやろう。陽太丸は優しい子だから、すぐに父を許すだろう。そんな想像を巡らせるのが楽しくて、秋斗は月明かりの下で小さく微笑んだ。

＊＊＊

――――ざあざあと、大粒の雨が交差点の道路を叩いていた。

あの夜、自分は濡れた横断歩道を渡ろうとした。アルバイトに遅れないように、早めの電車に乗ろうとしていた。父への贈り物は翌日、もう一度探すと心に決めて。

でも、突然、目の前が真っ白になった。車のライトの光だった。

身体が闇の中に放り出され、そして落下する。濡れたアスファルトに叩きつけられて、血とも雨とも分からないものが、身体から流れ出ていた。そのあと、どうなった？

オレは、そのあと――――。


「うわあああああっ！」

いつもの天蓋付きベッドで寝ていたら、自分の悲鳴で目が覚めた。ひどく嫌な夢を見たような気がするが、はっきりとは思い出せない。いつも、そうだった。

雨の歩道を歩いたのは覚えているし、濡れたアスファルトの感触だって思い出せるのに、その後どうなったのかが、いつもわからず終いだ。

（忘れちゃいけない事のような気がするのに……）

「あーとっ」

「ん？」

声はするのに姿が見えない。不思議に思っていると、真綿の掛け布団の下から、小さな天使がもふっと顔を覗かせる。

「あーと、おは……ましゅ」

「ひなた、今朝もオレの布団の中にいたの？」

「ちゃ！」

尋ねると、いつもの元気な笑顔が返ってくる。

寝殿造の御殿には基本、壁が存在しなかった。子供部屋がない以上、母屋で畳を並べて一緒に寝ていいと思ったのだが、皇太子は一人で寝るのが慣習らしい。

仕方なく寝所を別にしたものの、明け方、陽太丸が秋斗のベッドにこっそり潜り込むことは、まあ、よくある。

「ってことは……だ」

そう。ベッドに潜り込まれるのは一向に構わないが、問題は排泄物《はいせつぶつ》だった。この時代、紙おむつなんて便利なものはないので、当然、布を当てることになる。布おむつは「襁褓《むつき》」と呼ばれているが、もしも、それがなかったら……。

「ムツキはどうしたの？　ちゃんと取り替えた？　ひなた、オレに見せなさい！」

「きゃははっ！」

「きゃははーじゃないってば！　ムツキ！」

「うひゃー。朝から大変ですなあ、育児は」

「え、四郎がなんで？」

そこに現れたのは、陰陽師の四郎だった。辰《たつ》の刻、いわゆる朝の八時前後は、平華京の役所はすでに就業時間だが、実務優先の陰陽寮では、細かい社則は重視されないようだ。

「ごめん！　誰かぁ、ひなたのムツキを見てくれるかなー？」

「ひにゃ！　むーちゅ、みーくるるぅ？」

秋斗が声を上げると、陽太丸もすぐに真似ようとする。

ほんの少し前までは、《弘徽殿》というと、静謐《せいひつ》で厳かな御殿という印象だったのに、今では『遊園地』並みに騒々《そうぞう》しくなってしまった。

「あ、すんませーん！　朝餉も三人分で、よろしゅうお願いしますわ」

「しゅんませー！　よおーしゅー、ちゃ！」

「もう。四郎の真似まで、しなくていいのに」

「いやいや、声を出すのは、身体にええことですよって」

ニコニコ顔の四郎が陽太丸の機嫌を取っていると、無口な侍女がさっと陽太丸を拉致して行った。布おむつの件は彼女らに任せるとして、秋斗は寝間着のままで、ローテーブルに着座する。

「例の人魂の件、何かわかった？　参考になりそうな事件の記録とか」

「それなんですけど……」

同じくテーブルに着いた四郎が、気まずい顔をする。

秋斗は内裏に現れた青白い人魂について、専門家の四郎に意見を求めていた。秋斗が台盤所で倒れた陽太丸を見つけることが出来たのは、あの人魂のおかげだと言っても過言《かごん》ではない。四郎によると、人魂が意志を持って動くことは知られているが、この内裏で人魂が出たことは一度もないという。四郎も気になって梅壺にも足を運んだそうだが、特に霊的なものは感じなかったそうだ。

「まあ、霊を鎮めるための陰陽師ですよって、おざなりにはしまへん。調査は続けますよって、安心してください」

「うん」

「まあ、力になれんかったお詫《わ》びに、厄除《やくよ》けの護符とお守りだけは作ってきましたよって
……ほれ、この通り」

「おおーっ！」

「ひ、ひなた？」

その時、陽太丸がローテーブルの下から、ひょこっと頭を出した。オムツを取り替えたばかりで機嫌は上々。テーブルの上には、折りたたまれた護符に加えて、深紅と紫のお守り袋が置いてある。陽太丸は深紅のお守りが気に入ったようだった。

「……ひにゃ、の？」

「残念！　皇太子殿下の分は、こっちですわ」

四郎がお守りの上にふわりと手巾《ハンカチ》を被せた。「えいっ」と声を出しながら手巾を外すと、深紅のお守り袋が二つになっている。しかも、あとから増えた方には色取り取りの綺麗なトンボ玉が縫い付けてあった。

「おおおーっ！」

「どうでっか？」

「ちろ、えりゃい！」

「へへっ、偉いですやろ？　わいのこと、これからもよしなに頼んます」

「……ったく、ちゃっかりしてるんだから」

四郎に礼を言うと、秋斗はトンボ玉のお守りを陽太丸に持たせた。赤と紫の二つは、帝と自分で分けることにする。その後、運ばれてきた朝餉を三人で仲良く食べた。奇妙な夢を見ただけに、四郎の来訪は心強かった。

＊＊＊

「よし。この辺りがいいかも」

内裏の南西、「武徳門《ぶとくもん》」と「蔵人町屋《くろうどまちや》」の間の距離を測ると、秋斗はそれを帳面に書き留める。後で役所に提出するためだ。本当はもっと日当たりの良い、広い空き地が理想だが、内裏にいては簡単に外には出られなかった。それが豪奢な宮廷に住む者が支払う代償《だいしょう》でもある。

「だとすると、ここしかないんだよなぁ。オレが毎朝、水やりに来られるのは」

時には妥協も必要だと、自分に言い聞かせながら腕を組む。

秋斗は『小さな薬園』を作ろうとしていた。大内裏には薬草を育てる薬園があるので、わざわざ庭を増やす必要はないのだが、秋斗が育てたいのは薬草ではなかった。茶葉の中に混ぜる、ハーブや甘い香りのする花々だ。

（ほんとは、ひなたも連れて来たかったんだけどな）

陽太丸はすこぶる元気だが、未だ《お庭恐怖症》は治っていなかった。一緒に菜園を楽しむには、もう少し時間が必要だろう。秋斗は小さく溜息を零す。

その時、ドンっと、ドアを蹴るような音が聞こえた。びっくりして振り返ると、蔵人町屋の壁際に佇む左近少将と目が合った。

「……なんだ。式部の少丞殿ですか」

鬱陶しいと言わんばかりに上から目線で睨まれる。玄龍帝に逆らってばかりの秋斗が、陛下命の少将に嫌われるのは仕方ない。でも、毎回ゴキブリを見るような目で責められるのは辛いものがある。

「あの、何かあったんですか」

「何かとは」

「常日頃から冷静沈着な少将が、蔵人の宿舎の壁を蹴るなんて。きっとよほどの事があったのかなって」

蔵人とは天皇の秘書と警護を兼ねたような職種で、高位の近衛が兼任するパターンが多い。源氏物語の頭中将《とうのちゆうじよう》がそうだし、左近少将《さこんのしようしよう》も五位の蔵人を兼任している。

「別に、蹴ってなどいません」

「でも、蹴ったよ？　オレ、見ちゃったし」

「……ですから……！」

少将のきれいな額にピキッと青筋が立つ。

「か、仮にです。仮に、朝議《ちょうぎ》で何かあったとしても、あなたに話す義理はありませんし、あなたに愚痴を言ったところで状況は変わらない。そういう事ですので」

（うわ。その高飛車な態度も、陛下にそっくりじゃん！）

まあ、馬が合うからこそ玄龍帝は彼を傍に置くのだろう。でも、その左近少将が、これだけブチ切れているということはだ。

（やっぱり……陛下に何かあったに違いない！）

面倒くさい相手ではあるが、気になる以上、無視は出来ない。立ち去ろうとする少将を、秋斗は必死に呼び止めた。

「あのさ。陛下に関することなんでしょ？　よかったら話してよ。ね？　お願いします。この通り！」

「あなたって、ほんとに、変わってますね」

「まあ、よく言われるかな。ははは……」

どうにか相手を引き留めることに成功すると、秋斗は少将と共に蔵人町屋に入った。町屋は宿舎も兼ねているので、例えるなら内裏の秘書室兼、警察署のようなものだろう。

宿所に入ると、秋斗は役所の一番奥まった場所に案内された。朝議に関わる話であれば、周りに注意を払うのも当然に思えた。

「今朝の朝議で議題に上がったのは、各地で進められている治水《ちすい》工事でした」

文机を挟んで秋斗と向き合った少将が、神妙な顔で口を開く。

「問題は雨季を前にして、工事が滞りそうだということ。その原因を工部の連中が、あろう事か陛下のせいにしているのです」

「陛下の？　そんなのあり得ない！　だって陛下は！」

玄龍帝は民の暮らしを第一に考えている。そんな帝に、工事を遅らせる理由などあるはずもない。

「ええ、それは皆も承知しています。工事に用いる木材の仕入れ先を変えたのも、官僚との癒着《ゆちゃく》が判明したからで、正当な理由でした。なのに連中が流通業者に圧力をかけたせいで、朝廷が指名した製材工場に丸太が入らなくなったのです」

それゆえ国が必要な数の木材を確保しようと思うと、他の業者から高値で丸太を買うことになる。だが、それでは予算を上回ってしまい、国の財政を預かる戸部《こぶ》が工事に必要な決済《けっさい》を渋るようになってしまった。

「その、連中っていうのは」

「右大臣派です」

右大臣――――そう言えば、宇月も右大臣がどうのと言っていたのを思い出す。右大臣派は、帝の政敵だとも言っていた。

「このところ、左大臣は体調を崩して朝議を休みがち。陛下が頼りとする太政大臣《だじょう》も、ご高齢です。あのムダに元気な右大臣とどこまでやり合えるのか。私は嫌な予感がしてならない……」

「左大臣に、右大臣……」

少将の話によれば、太政大臣は先の天皇の腹心で、公明正大な人物として帝の信頼も厚かったそうだ。その太政大臣が「皇太子」に推挙したのが、玄龍帝だった。他の皇子を推す者もいたわけで、その対抗勢力の筆頭が右大臣家だったらしい。

現状、左大臣と太政大臣が睨みを効かせているものの、右大臣も朝廷内で一定の勢力を保持している。そして隙あらば玄龍帝を失脚させ、自分の意のままになる皇子を皇位に就けようとしているらしい。

「朝廷を意のままに動かせたなら、莫大な賄賂が手に入りますから。その一方で帝になれた皇子は、右大臣に一生頭が上がらない。右大臣は自分の娘を皇后にすることも可能になります」

「そそれって、すごい……」

「感心している場合ではありません。式部の少丞」

「え？」

「狙われているのは陽太丸さまも同じです。陛下だけではありません」

「あ……」

そうだ。少将の言う通り陽太丸は玄龍帝の一人息子だ。皇位を狙う悪者に目を付けられても不思議はなかった。

「加えて、あなた自身も右大臣の恨みを買っていることを、くれぐれも忘れないように。右大臣の縁者との婚儀を蹴って、彼の顔に泥をぬったのですから」

「……あ。ごめん。すっかり忘れてた」

「ったく、これだから、あなたは……」

左近少将が一生分かと思うほどの深いため息を吐く。やっぱり政治の話は小難しくて、自分にはよくわからない。それでも、陽太丸だけは守らなければならない。そう強く心に誓って、秋斗は蔵人町屋をあとにした。

＊＊＊

「あーと、あーとっ！」

「あ、ひなた！　ただいま！」

弘徽殿に戻ると、桜色の半尻姿の陽太丸が笑顔で迎えてくる。どんなに疲れていようとも、この笑顔のおかげですぐに元気になれた。

「ごめんね、遅くなって」

「だーじょぶ！　ひにゃ、えりゃいも！」

「うん、ひなたは偉いぞお」

ふと見ると、陽太丸の右手には巨大なペロペロキャンディーが握られている。街で売られているものだが、直径は十センチを下らないと思う。

「ねえ、ひなた。そのおっきな飴、誰にもらったの？」

「んーと……うー、らいじん？」

「雷神？？」

「これはまた、珍しい椅子ですな」

「は、はい……実は、職人にお願いして作らせました。ここに座ってお庭を眺めると、また違った趣《おもむき》が楽しめるんです」

「なるほど。それは興味深い」

予告なく弘徽殿にやって来た右大臣を、秋斗は庭に通した。庭なら陽太丸が近づけないからだ。石楠花《しゃくなげ》の低木をあしらった庭には、テラス向けのガーデン・テーブルセットをあつらえた。といっても木製や鋳物ではなくて石材を使ったもの。海の向こうの唐では、こうした家具が充実している。机や椅子を省いた『日本の畳文化』にも美点はあるが、やはり椅子に座るほうが落ち着くのだ。

それにしても、右大臣が現れるとは思ってもみなかった。今年で五十になるという彼は、身長こそ平均値だが背筋はピンとして、肌の色艶《いろつや》も格別だった。薄く伸ばした品のよい顎髭《ひげ》には金糸をあしらった豪華な直衣がよく似合っている。

「この様子では、弘徽殿の暮らしにも慣れたようですな」

「はい、侍女の方々もよくしてくださいます」

「それは上々。皇太子殿下の覚えもたいそうめでたい。陛下が新たな皇后をお迎えになる日も近いことでしょう」

「はい、そう願っております」

正直、帝の新しい后に興味はなかったが、そこは適当に相槌を打つ。侍女がお茶を運んで来たので秋斗も接待を手伝った。陽太丸が飴をもらったお礼も欠かさなかった。

（オレ、右大臣に恨まれてるんだもんな……万事、そつなくやらないと！）

「ところで、朝露の君」

「はい？」

「貴殿は明紅《めいこう》皇后、つまり、御崩御《ごほうぎょ》された皇后のお姿をご覧になったことは？」

「いえ、私はそのような身分ではありませんから」

「これは失礼を……以前、弘徽殿には皇后陛下の姿絵が飾られていたそうで、今日、それをふと思い出しましてな。大変貴重な姿絵だ。よければぜひ拝見したい」

「皇后さまの姿絵……」

「式部の少丞はご存じないと？」

困惑しながら頷いた。肖像画の類いは一度も見た記憶がなかった。それに《弘徽殿》は位の高い女御に与えられる建屋《たてや》だが、それにしては調度品の数が少なかった。鏡を仕舞う鏡筥《かがみばこ》にしても金細工すらない簡素なものばかり。皇后の御殿にしてはあまりに地味だ。

「む。やはり、そうでしたか」

「やはりとは、どういう意味ですか」

不安げに尋ねる秋斗に、もったいぶった態度で右大臣が答える。

「お二人の御婚礼はそれは華やかで、この先も仲睦まじくお暮らしになられると皆喜んでおったのです。だが……よもや、あのような事件が起こるとは」

「事件というのは」

「いやいや……これはあくまで噂ですぞ？　事件のあと、陛下は酷く立腹されて内裏にあった皇后の姿絵を一つ残らず焼いてしまわれたとか」

「焼いた？　全部ですか！」

そんな話は初耳だった。宇月が皇后の話を避けるのは、そうした理由なのだろうか。

「少丞殿ですら、皇后の姿絵を見かけないのなら、あの噂は本当だったのでしょうな。いやはや、玄龍帝の御気性はなかなかに激しいとみえる」

（もしそうなら、ひなたは母親の顔を一生見られないかも……）

心の奥がチクリと痛む。今は幼いから平気だとしても、大きくなった時、陽太丸は母親のことを知りたがるだろう。なのに肖像画すらなかったら、陽太丸は深く悲しむはずだ。自分を産んでくれた大切な母親なのだから――――。

「おお、そうだ！」

ふいに右大臣がポンっと膝を叩いた。

「少丞殿、我が屋敷に、姿絵の写しが残っているかもしれませんぞ？」

「ほんとですか！」

「当時、妻がその絵師をたいそう贔屓にしておりましてな。屋敷で食事をする仲でしたから、ひょっとすると、皇后陛下の下絵くらい、せしめているかもしれませんぞ？」

「そうなんですか？　あのもし、よかったら」

「では近いうちに、貴殿を我が屋敷に招待いたしましょう。都で一番と評判の古琴を聴けると知ったら、妻も喜ぶにちがいない。はーっはっはっ！」

「あ、ありがとうございます！」

嬉しくて椅子から飛び上がってしまったが、ふと、左近少将の顔が頭を過る。右大臣には注意するよう諭されたばかりなのに、招待に応じてもよかったのだろうか。

（あちゃ……オレ、なんか、しくじったかも……）

「右大臣さま。オレ、もしかしたらお屋敷に伺うのは」

「いやいや、気兼ねは要りませんぞ？　私と少丞殿の仲ですからな。遠縁の商人の縁談を断られたくらいで、この私が根に持つはずがない。はーっはっはっ！」

いや、絶対、根に持っているでしょ……？

でなきゃ、わざわざ口に出したりしませんってば。

(やっぱ……行くしかないか)

そう諦めかけた時、誰かの気配を感じた。

「右大臣藤宗公《ふじむねこう》、秋斗にどのような用件で参ったのか」

「これは、陛下……陛下におかれましてはご機嫌も麗しく」

(げ！　玄龍帝！)

何気に右大臣の表情が引き攣ったように見えた。安堵した秋斗とは対照的だ。

「秋斗に話がある。遠慮してはもらえまいか」

「御意……」

苦虫を噛み潰したような顔で右大臣が立ち去ると、秋斗は直《ただ》ちに母屋へ駆け上がった。

案の定、玄龍帝はゴキブリでも見るかのように秋斗を睨んでいたが、ここは逃げずに申し開きをした方がよさそうだ。

「なぜ、あの男を庭に通した」

「ええと。右大臣はただ、弘徽殿の様子を見に来ただけ……と思いますけど」

「ハッ！　おまえは本気でそう思っているのか？　朕の政敵に自分が利用されていると、なぜ、気付かない！」

「利用だなんて！　オレにそんな価値があるとは思えないし……そんなに怒鳴らなくてもいいっていうか……」

「……もうよい」

素直に謝るつもりが、つい言い返してしまう。その時、陽太丸が柱の陰からトコトコと近寄ってきた。帝は陽太丸の頭を優しく撫でると、とびきり優しい声音で言葉を続けた。

「よいか、ヒナ。そのおっきな飴にはな、毒が入っているのだ。あとでお腹が痛くなるぞ？」

「……！」

驚いた息子が、舐めていたペロペロキャンデーをポロリと床に落とす。毒入りの話は嘘くさいが、奸臣《かんしん》を警戒させるには十分な効果だ。

「代わりに父が、良い物をやろう」

帝が合図すると、小ぶりのケージを手にした侍女が奥から出てきた。中にいるのは、いつかの白い子猫だった。

「あ！　にゃんにゃ！」

「よいか？　子猫と遊べるのは、この南の間だけだぞ？」

「んっ！」

「猫が他の部屋に行ってしまっても、追いかけてはいけない。逃げた時は、あそこでぼーっとしている秋斗に任せるのだ」

「んー……あい！　ぱあぱ！」

「だから。パパとは、秋斗いわく、西方の遠い国の言葉で……」

玄龍帝はため息を零したが、陽太丸がニコッと微笑みかけるから、つい笑顔になる。

（わ。陛下って、あんな風に笑うんだ……）

屈託のない笑顔に、視線が奪われる。知らずと鼓動が早まって、皮膚の下が燃えるみたいに熱くなるのを止められない。

（……何だろ、この気持ち）

じんわりと込み上げてくる感情が何なのか、秋斗にはよくわからない。でも、微笑み合う二人を眺めていたら、とても幸せな気分になれるから、今はそれでいいと思う。

皇后の姿絵については後日考えると決めて、秋斗は二人を追いかけた。

端午の節句は、すぐそこまで近づいていた。

◆6　ひなたの望み、芽吹く恋

「ねえねえ、誰か教えてよ。うちの兄上は、いったい、どーしちゃったの？」

端午の節句が間近に迫った、ある日の午後――。

不機嫌そうな宇月が、香子を伴って弘徽殿にやってきた。最近になって気付いたが、この二人は意外と気が合っているようだ。歯に衣を着せないあけすけな宇月と、竹を割ったようなタイプの香子。似たもの同士の二人の間に、恋愛感情があるかは不明だが、秋斗にとっては、両名とも頼りになる友人である。

ちなみに、平華京の暦《こよみ》は旧暦《きゅうれき》なので『端午の節句』は旧暦五月。新暦では六月ということになる。暗くて湿った雨の季節が、平華京の都を覆い始めていた。

「それでさあ、昨日なんかさ。朝議の途中でクスクスって思い出し笑いしてるんだよ。あの、四六時中無愛想だった兄上がだよ？　ちょっと、信じられる？」

「悪いことではないと思いますけど？」

「香子は兄上を知らないから、そんな事が言えるんだよ。もしも突然、反動が来たらどーするの？　僕はね、本気で心配してるんだから……あーくん、わかってる？」

「はいはい、わかってますって」

白いオオデマリが咲く庭で、三人がテーブルを囲んで談笑する。

宇月の言う通り、玄龍帝の雰囲気が以前と違うのは、宮中でも噂になっていた。その理由が、明るくて素直な息子のせいだということも、帝の身近にいる人は知っていた。当の宇月にしても、口で言うほどには悲観していないはずだ。

（だって、陛下もひなたも、ホントに楽しそうだもん。親子なんだしさ。これが普通っしょ。オレなんて、陛下にもっとニヤついて欲しいくらい）

浮かれ気分でハーブティーを飲んでいると、隣の香子に袖を引かれた。

「ところで朝露の君。右大臣が来たって話、本当なんですか？」

「うん。オレも正直、驚いたけど……」

友人の問いかけに真顔で頷く。左近少将に指摘されたように、婚姻の件で秋斗は右大臣の恨みを買っていた。両家が認めたにも関わらず、「側室になるのは嫌です！」と紅蓮池で入水《じゅすい》自殺を図ったのだから、相手の男は赤っ恥を掻いてしまった。

しかも相手の後ろには、太政《だじょう》大臣、左大臣の次に偉い《右大臣》が付いていた。ナンバースリーの官吏を敵に回すなんて普通ならあり得ない。

（家族を巻き込むのも、わかってたはずなのに……）

だが、秋斗は当時の記憶を失っているので、その時の気持ちを感じようがなかった。妙な話だが、それが現実なのだ。

ともかく、秋斗は右大臣に嫌われていた。花宴のあと、秋斗は殿上人から幾度も誘いを受けたが、右大臣家には一度も招かれなかった。それは当然だと思えたし、招かれたいとも思わなかった。それなのに……。

「今になって、屋敷に遊びに来ないかって。あの人、どうして気が変わったんだろう」

「どうでしょう……なにせ、食えない人物ですから」

「だよね。あと、絵師の話もしてた。屋敷に皇后さまの《姿絵》があるかもしれないって。オレ、陛下が止めなかったら、多分、右大臣家に行ったと思う」

「なにそれ！　あいつ、あーくんを〝姿絵〟で釣ろうとしたの？」

これに青筋を立てたのは、宇月だった。

「ダメダメ、ぜったいに駄目だよ、あーくん」

「え、でも、ひなたは喜ぶだろ？　今はまだ一歳半だけど、もう少し大きくなったら、お母さんのことを知りたがるよ。親子だもん」

「そ、それはそうだけど！　でも、義姉上の……明紅《めいこう》皇后の名は、宮中では禁句なんだよ」

「禁句？　なんで？」

　ますます意味がわからなかった。確かに、皇后は二十歳という若さで帰らぬ人となった。花に例えるなら、膨らんだ蕾がようやく開花したばかり。それをいきなり摘み取られてしまったのだから、帝が深く傷ついたのは想像に難くない。でも、だからと言って皇后陛下の話をするなというのは、どうなのか。

「ひなたにとっては、実の母親なんだ。陛下だって、それくらいは……」

「ちがうんです」

「え？」

　ふいに、香子が割って入った。

「ほんと、殿方というのは、意気地《いくじ》が無いんだから」

「か、香子……そんな言い方は」

「いいえ、殿下」

　きっぱり否定した香子には、強い決意の色が見て取れた。

「朝露の君には、私からお話しします。隠そうとしたって、いずれは皇太子の知るところとなるでしょう。だったら、朝露の君にこそ、私は話しておきたいんです」


玄龍帝が結婚したのは、十八歳の春だった――。

相手は二歳年下の《左大臣家》の分家の姫君。左大臣と言えば朝廷の中でも穏健派《おんけんは》。太政大臣とよしみが深いことでも知られていた。

香子によると、二人は幼馴染みで、婚約も早くから決まっていたそうだ。利発で快活な皇子と、たおやかで思慮深い姫は「将来、似合いの夫婦になるだろう」と評判だったし、事実、結婚した後も、二人はたいそう仲睦《なかむつ》まじかったという。

盛大な儀式が執《と》り行われ、翌年には、玄龍帝が皇太子に即位。

都の人々は、文武に秀でた秀麗な世継ぎの誕生を、心から喜んでいた。

だが、その五年後、思わぬ不幸が皇室を襲った。時の天皇、つまり玄龍帝の父親が、心臓の病《やまい》で急死したのだった。

玄龍帝は、二十三という若さで皇位に就き、多忙な日々を送ることになった。国の母となった妻も同様だ。そして、すれ違いの日々が増す中、大事件が起きた。

皇后が「天皇以外の男と親密だ」という奏上が朝廷に届き、ほどなく、この一報が、なぜか、都中に知れ渡ってしまったのだ。

無論、皇后は強く否定したし、玄龍帝も妻を信じていた。どうせ、自分の即位を快《こころよ》く思わない右大臣派の策略だろうと。でも、事実は、そうではなかった。

「ある日の午後、《方違《かたたが》え》で古寺に立ち寄った陛下は、皇后が、自分の知らない男とこっそり会っているところに、遭遇してしまったのです」

「そんな、方違えって……」

《方違え》とは、陰陽道《おんみょうどう》から生まれた風習で、言うなれば、言担《げんかつ》ぎみたいなもの。これから向かう先の吉兆を占い、もし凶だった場合には、一旦、違う方向に立ち寄り、悪い方角を避ける。

帝が古寺に立ち寄ったのは、そうした経緯からだった。

「兄上は激怒して、相手の男を捕らえようとした。夫なら当然だよね。でも、義姉上は必死になって相手を庇ったんだ。その行為が、尚のこと、兄上を刺激しちゃって……」

玄龍帝は、二人が床に入るのを見たわけではなかった。ただ、人気のない古寺で、互いを見つめ合っていただけだった。だが、皇后が身を挺して庇ったために、相手の男は逃走し、行方をくらましてしまった。

左大臣らが皇后を問い詰めたが、皇后は「相手は、命の恩人です」「どこのどなたかは存じません」の一点張りで埒《らち》が明かない。皇后の位を排すべき、との声が上がる中で、皇后が妊娠しているとわかった。

未来の天子《てんし》が、后のお腹の中にいると――――。

「その子が、陽太丸さまです」

「ひなたが……?」

「うん。それで結局、責任を感じた左大臣家が大枚をはたいて噂を一掃したんだ。禄《ろく》もいくらか朝廷に返上したと聞いてる」

うつむき加減の宇月が、ぽつりと呟く。

「兄上はね、それはもう、義姉上を大切にしてたからさ。側室には見向きもしなかった。それだけに、裏切られたのはキツかった。当時は僕だって、ちょームカついたよ」

「そうだったんだ」

内情を知って胸が痛んだ。

玄龍帝が『後宮』に無関心なのは、秋斗も薄々気付いていた。七殿五舎ある御殿の中で、側室が住んでいるのは三つくらい。それも形ばかりで、「陛下のお渡りは殆どない」とも聞いている。

でも、今も過去を引き摺っているのは、皇后の存在が大きかったことの証だ。

誰も皇后の代わりにはなれなくて、それで陛下は、今も一人でいるのだ。

「皇后さまの姿絵が残っていないのは、そうした理由からなんです」

「いや。僕の記憶では、姿絵だけじゃなかったね」

香子の言葉を、宇月が打ち消す。

「義姉上が逝去《せいきょ》されたあと、姉上の所持品はすべて左大臣家に返納してたと思うよ。お気に入りの家具から装飾品までひとつ残らず。あ、銘器《めいき》の古琴だけは僕がもらったけど」

「それ、マジか……」

話を聞いて思わずため息を吐く。初めて出会った日、激高した帝が古琴の弦を切ったのはそうした理由からだろう。

他にも帝が捨てたものがあった。皇后が自ら「庭」に植えたという金柑《きんかん》の木。

当初は誰も気に留めなかったが、ハイハイを覚えた陽太丸は、よく庇から金柑の木を眺めていたという。母親の記憶など残っていないはずなのに。

それでも、息子が金柑の木を気にするので、ある夜、玄龍帝は金柑を引き抜いてしまった。それ以来、陽太丸は白砂の庭を顧《かえり》みないようになってしまった。

その事件が皇太子の《庭嫌い》の原因だと思えなくもないが、金柑を植え直したところで、再び引き抜かれるのがオチだろう。

「じゃあ、ひなたに残せそうなものは、探してもムダってことか」

秋斗がガクリと項垂れた時、香子が「あ！」と小さく声を上げる。

「もしかしたら、あるかも。まだ誰も探せていない場所……」

「そ、それって？」

「清涼殿《せいりょうでん》ですよ、清涼殿！　帝の私室は、たとえ従三位の尚侍《ないしのかみ》であっても、帝の許可なく調べたりはできませんから！」

「せ、せいりょう……殿？」


香子の読みは正解だった。

皇后の遺品を実家に送り返すと決めた玄龍帝は、当時、配下の者に命じて内裏の御殿という御殿を徹底的にあらためさせたという。

だが、清涼殿は対象に含まれなかった。御殿の主が帝自身なのだから、当然だ。

そう考えると、姿絵の一枚くらいは残っているかもしれない。今は無理でも、いつかは息子に見せようと思い、唐櫃《からびつ》の奥にしまい込んだ。ということも考えられなくはない。

（でも、どうやって、部屋の中を確認するんだ？）

天子さまの私物に勝手に触れるのは、大罪だ。盗むつもりがなくても、忍び込むだけで石牢に繋がれるのは必定だろう。

寝ずに頭を働かせてみたが、使えそうな策を思いつかない。それならいっそ、ダメもとで帝に相談するのも悪くない。話を聞くだけなら罪に問われることもない。

古琴のレッスンで殿上人の屋敷にお邪魔した秋斗は、お茶を呼ばれた際に「難航していた堤防工事が、ようやく軌道に乗った」との情報を掴んだ。長く朝廷を悩ませた問題が解決したなら、帝にも時間が出来るはず。そう考えた秋斗は、さっそく侍従に予定を聞きに行ったのだが、現場は《端午の節句》の準備に大わらわ――。

次のイベントが終わるまで、玄龍帝には会えそうもなかった。

＊　＊　＊

「あ！　あーと！」

古琴の出張レッスンを終えて弘徽殿に戻ると、さっそく陽太丸が飛び出して来た。

爽やかな萌黄色の半尻《はんじり》が、色白の皇太子によく映《は》えている。端午の節句では、幼い陽太丸も帝同様、きちんと正装して参列するとう。秋斗は、その晴れ姿を見るのが楽しみでならなかった。

「今、戻ったよー。ひなた、数字のお勉強は終わった？　終わったなら、奥で琴の練習を始めよっか」

「こちゃ！　れんちゅー！」

「うん。ちょっと待ってね、先に、着替えてくるからね」

几帳で遮られた空間の中、。営業用の高価な直衣を脱いで、着慣れた着物に着替える。いつもなら、塗《ぬ》り籠《ご》めの壁の部屋で練習するところ、今日は天気がよかったので、庭が見渡せる東の間にすると決める。古琴を動かそうとすると、待ちきれないのか、陽太丸に着物の袖を掴まれてしまった。

「あれ？　どうした、ひなた」

「んー……」

顔を近づけて話しかけると、相手はなぜか、恥ずかしそうに下を向く。

「言ってごらん？　高階先生から、何か、新しい言葉を教えてもらったの？」

「……あ、と……」

「うん」

「んー……ははうえ、しゃま！」

「そっか、母上さまだね！」

《ははうえ》という言葉は初めて聞いた気がする。陽太丸の発話が日々上達しているのは、教育係として嬉しい限りだ。

「ひなたは、ほんとに偉いね」

「あーと……はは、しゃま！」

「え？」

だが、小さな指で指し示されて理解した。どうやら陽太丸は、大きな勘違いをしているらしかった。

「お、オレが母上さまって？　いや、ちちち違うよ、ひなたっ」

「……？」

「オレは、ひなたの先生だ。ひなたの母上さまじゃなくてさ」

「めっ！　あーと、ははしゃま！」

「いや、だから、オレは――」

「ヤダ！　やだも！　ぱあぱ、ははしゃま、いっちょ！」

「うっ……」

幼い皇太子から、厳しい抗議の目を向けられる。

こんなの、出会ってから初めてだった。愛する息子に反抗され、傷心の内に清涼殿に引きこもった玄龍帝の気持ちが、この時だけは痛いほどわかった。

「ごめんよ、ひなた。オレ、ひなたのママ……母上さまにはなれないよ」

「……？」

すると、陽太丸が不思議そうに小首を傾げた。

「ひなた、いいかい？　オレは男だから。したくてもパパとは結婚出来ないし、この先もすることはないと思う」

「……けっ、ちょん」

「うん。でも、オレはひなたが大好きで、ずっと傍にいたいって思ってるよ？　たとえ、ひなたのママになれなくてもね」

「……！　ははしゃま……まあま。う～～～、む～～～」

突如、陽太丸の表情が一変した。いつものにこやかな笑顔が消えたと思うと、眉間に小さな皺を寄せ始める。その仕草は、皮肉にも仏頂面の玄龍帝にそっくりだった。

「ひ、ひなた？」

「……あーとっ！　ちらい！」

「え！」

「ちらいっ！」

怒った陽太丸が、秋斗を尻目にパタパタと走り去っていく。

「き……嫌いって……そんな、ひなた、ひなたっ！」

だが、いくら呼んでも陽太丸は戻らない。小さな足音が空しく遠ざかるだけ……。

（マジか……ひなたに、嫌われるなんて）

「あの、主さま、実は……」

その時、一人の侍女が庇から進み出た。

彼女の話によると、いつものように勉強していた陽太丸のところに、大きな白猫がやって来たという。猫は廊下で丸くなっていた子猫を見るなり、近づいて子猫を舐め始めた。

――殿下。あの猫は、子猫の「母上」かもしれませんね。

居合わせた香子がそう話しかけると、陽太丸は目を丸くして「ぱあぱ！」と叫んだ。父と母を混同していたらしい。

慌てた高階姉妹は「仲のよい男女」の絵を描いたり、人形を使ったりして「父母の違い」

を説明しようとしたのだが、陽太丸の反応は今ひとつ鈍かったという。

そりゃそうだ。陽太丸には『母上さま』と呼べる人が、ずっといなかったのだから。


その後、秋斗は陽太丸の機嫌を取ろうとしたが、全てが空振りに終わった。薄々気付いてはいたが、陽太丸は「負けず嫌い」な上に相当な「頑固者《がんこもの》」だった。

その夜はすっかり落ち込んで、古琴を触る元気もでない。そのうちに、《中務少補》こと香子の上の姉がやってきて、寝ようとしない陽太丸を寝かしつけてくれる。「さすが！やっぱ、年の功ですね！」と誉めたら、なぜだか、足を踏まれてしまった。

それでも、気分は最低なままだ。そこで秋斗は庭に面した静かな庇で「ひとり飲み」を決め込むことにした。甘めの日本酒をちびちび飲みながら、夢で見た世界を懐かしむ。

夜の街に煌めくネオンの光と小洒落《こじゃれ》た酒場。夜更けでも営業しているコンビニに、真っ赤な口紅を塗りたくったキャバ嬢の、かん高い笑い声――――。

　ああ、そうだ。もし父がこの場にいたなら、どんな言葉を掛けてくれるだろう。落ち込むよりも、明日のことを考えろと叱咤してくれるだろうか。

「おい、秋斗」

　艶やかな声に意識が吸い寄せられた。玄龍帝だとすぐにわかったが、顔を向ける気にはなれない。

「……今日は休業です。オレ、頼まれたって琴は弾かないし、唄も歌いませんから」

「何を、わけの分からないことを」

　ため息を零した帝が、秋斗の隣に胡座《あぐら》をかく。普段なら社交辞令程度の会話に付き合うところだが、あいにく今夜はそんな余裕がなかった。

「放っといてください！　オレ、めちゃくちゃへこんでるんです。ほんと、参ってます。ひなたに嫌われるなんて……そんなの、辛すぎる……っ」

「それで酒など飲んでいるのか。相変わらず、単純なやつだ」

「好きに言っててください。オレだって、ほんとはビールがいいのに、ビールもワインもありませんからね。仕方なく、日本酒で我慢してやってるんですよーだ！」

「秋斗。飲み過ぎると身体を悪くする。もう、止めなさい」

　呆れた帝が、酒の入った徳利《とっくり》に手を伸ばそうとするので、秋斗は慌てて徳利を奪った。

「秋斗、それをよこしなさい」

「……やです。やだ」

「なんだそれは……子供か」

ため息を吐いた帝が庭先の低木に視線を移した。酒を取り上げるを諦めたようだが、この場を離れる気も無さそうだ。面倒に思った秋斗は徳利から直に酒をあおる。

「おまえ、先の皇后の姿絵を探しているそうだな」

「なんで、それを……ってか、陛下は、何でもお見通しでしたね」

「もし、朕がそれを持っていると言ったら、どうする？　見たいと思うか？」

「それは……」

暫し考えて首を振った。今夜に限って、月がやけに眩しかった。

「いえ、いいです」

「なぜ？」

「ひなたには母親の姿を知る権利がある。ひなた自身がそう望むはずです。でも、それは多分、今じゃない。オレね、わかったんです」

「何を」

「ひなたに必要なのは、生きて息をしてる母親なんだって。最良の《師》であろうとする中務の少補でも、日和見《ひよりみ》を決め込んでる《後宮の女御》たちでもない女性」

「日和見とは、ずいぶんと辛辣《しんらつ》だな」

「だって……頭の悪いオレにだって、そのくらい分かりますよ」

ひなたは母に甘えたい――自分を愛してほしいのだ。

秋斗は陽太丸が大好きで、この気持ちは誰にも負けないと思う。それでも母だとは名乗れない。「母親」という場所はいずれ他の女性に取られてしまうからだ。男の自分に出来ることは陽太丸の傍に寄り添ってあげることだけ……。

「女御たちが欲しがってるのは自分の子供でしょ？　自分が産んでこそ出世が叶うわけだし、家族から感謝もされる。むしろ、ひなたは邪魔かもしれない。ひなたがいたら、自分の子を皇太子にできないから」

「秋斗、おまえ……」

「言葉が悪くてすみません……酒のせいですから」

いつになく卑屈《ひくつ》になっている自分に気付いたが、今さらどうにも出来そうにない。

「後宮にも、心ある女御はいる。なにも、出世を望む者ばかりではないぞ？」

「だったら、陛下はその女御と結婚すべきです。今すぐに！」

「な、なんだと？」

「だって、そうでしょ？　甘えたい盛りに母親が不在だなんて。陛下は、ひなたが可愛そうだとは思わないんですか？」

「そ……それとこれとは、問題が別ではないのか」

「いいえ、言い訳なら結構。どうぞ、その心ある女御の元に行ってあげてください」

「秋斗……」

これ以上は、何も言いたくない。望んでも叶わないことであれこれ悩むのは、自分が辛くなるだけだ。

「ってことで。おやすみなさい」

「では聞くが。なぜ秋斗は『自分がヒナの母親になる』と朕に言わぬのだ」

「……はあ？」

帝に背を向けて退散するはずが、思わず聞き返してしまう。

「あのね、気分が悪いから酒を呑んでるのに、こんな時に輪を掛けてふざけないでください。だいたい、オレが母親になれるわけないでしょう？」

「おまえが母になれば良い。この朕が許す」

「な、なに……バカ言って……んっ」

ふいに抱き寄せられて唇を奪われた。明るい月の下、奇妙な場所が疼くのがわかった。

酒に寄っている上に、今夜の気分は最悪だ。それでも、帝に口を吸われるのが不思議と気持ちよかった。

「……梅壺の時のように、文句を言わぬのか」

「そ……そ、そういう日も……ふ、う……んっ」

幾度も舌で上唇を舐められる。そのたびに頭の芯がクラクラして、身体中が心地よい快楽に包まれていく。ふいに帝が舌を差し入れてきた。歯の裏側から硬口蓋《こうこうがい》をねっとり舐め回そうとするから、ついこちらも舌で押し返す。

「……っ、んっ、ううっ……」

生温かい舌が絡み合うのが、くすぐったい。なんでこんな事してるんだろう。男同士で戯《たわむ》れるなんて想像したこともなかった。そんな思考が一瞬脳裏を過ったが、それもすぐに熱い接吻《せっぷん》にかき消されてしまう。首筋を吸われてのけぞった。薄い皮膚を甘噛みされたら、火照《ほて》った吐息が零れてしまった。我慢できずに帝に抱きついて彼の後頭部を弄る。あの艶やかな長い黒髪を指に絡ませてみたかった。

「……こら、朕の冠に触るでない……」

「だって……陛下の髪、きれいだし……ほら、ね？」

何度も弄るうちに陛下の冠が床にこぼれ落ちてしまう。慌てた帝の隙を突いて、その広い肩を押し倒した。そのまま両足を開いて馬乗りになってみると、あの高飛車な帝を組み敷いたようで、さらに気分が高まってしまう。

「……天子さまって、せっかちですね」

「どちらが、だ……そんなことを言うなら」

「……うわっ」

でも、上位を誇れたのは一瞬だけ。帝は素早く秋斗の細腰を掴むと、広い胸に思い切り秋斗を引き寄せた。そのまま乗り掛かられてしまい、秋斗が帝に組み敷かれる体勢になってしまう。暴れたせいで帝の鬢《びん》が崩れてしまい、ほつれた黒髪がはらりと落ちてくる。

美しくて色っぽい人だと思う。帝にこころから愛された皇后が、ほんの少しだけ羨ましくなった。

「……ちぇ、下なんてつまらない」

「本当に、子供だな」

「たまにはいいんですぅ。オレだって……たまに……アッ」

秋斗の袍の裾を乱暴にめくった帝が、上袴と大口の結び目を手際よく解いた。無理矢理下着を引き下ろされてしまうと、雪のように白い肌が月光の下で露わになった。

「……んっ」

帝の大きな手が、ゆっくりと太腿の内側を撫で上げるのを感じた。節くれ立った指が股間に達すると感じた瞬間、強引に脚を開かされて唇を押し付けられてしまう。

「あ……あっ……」

クチュっと、帝の唇が皮膚を吸う音がした。ぞわぞわした感覚が背筋を伝った瞬間、秋斗のしなやかな腰が淫らに揺れた。

「……いやらしい腰だ」

「へいか……だって……んっ、ふ、あ、あぁッ」

皮膚の薄いところを吸われる度に、恍惚感《こうこつかん》に刺し貫かれた。カリッと林檎《りんご》を齧るみたく歯を立てられたら、あまりの昂揚に悲鳴を上げそうになった。

「はっ……あ、あぁっ」

「なんと艶めかしく感じやすい躯なのだ……これでは先に、朕の方が犯されてしまいそうだ……おまえを犯す前に」

「な、に言って……なわけ……んぅッ」

乱れ髪の帝に唐突に覆い被さられて、性急に唇を求められた。あまりに荒々しい口付けに息が出来ない。これ以上ないほど深く舌を差し入れられたら、躯の奥の奥まで犯された気になってくる。長い接吻が終わったなら、今度は上体を引き上げられた。帝が長い腕でもって秋斗を背中から抱きすくめる。うなじに顔を寄せてきたと思うと、耳朶《じた》にそっと息を吹きかけられた。

「や、くすぐった……い」

「くすぐったくしているのだ」

「じゃ、次はオレの番……って、ちょ……待った！」

着ている袍をさらにたくし上げられた。衵《あこめ》の合わせに手を潜らせるなり、帝は秋斗の薄い胸をいやらしく弄り始めた。

「朕は待てぬ」

「や……だ、それ……っ」

「なにが……嫌なのだ。朕にされるのが嫌だ……と申すのか」

「そ……んっ、あ、あ、ああッ！」

下着代わりの単の上から、ぽつんと出っ張った乳首をキュッと指で摘まれた。痛いくらいに摘まれたと思ったら、今度は手のひらで好きなように撫でられてしまう。突起した部分をグリグリ捏ねられたら、股間のモノがどうしようもなく反応した。大人しく項垂《うなだ》れていたはずの肉茎《にくけい》に卑猥な熱が集まってくる。

「むね……さ……触るのや……だっ」

「朕の秋斗が、こんなによがっているのにか」

「ひ……ひなたに、聞かれちゃ……う……」

「朕は焦るおまえに、そそられるのだ。それも仕方あるまい」

「も……っ！」

帝の言葉に心の中で頷いてみせた。欲しているのは自分も同じだった。恥ずかしいと思うそばから、艶めかしい吐息が零れてしまう。躯が火照るのをどうしても止められない。

「……あっ、あ……んっ……ふ、ああっ……ッ」

帝のもう片方の手に膨らみかけた肉茎を捉まれた。根元から絞るように扱《しご》かれたら、熱くなったそれが、悲しいくらいに硬くなってくる。

「ほう。こんなに大きくなっているぞ？」

「さ、触るな……バカっ……や、やだッ……やぁっ」

「秋斗……我慢せずともよいのに」

少し擦られただけで極限まで勃《た》ってしまう息子を、責めたくなってきた。でも幸いなことに、我慢するだけの辛抱強さは持ち合わせている。だって、ここは陽太丸が眠る弘徽殿の中。まだ幼いあの子に大人の色事を見られるのは流石《さすが》に抵抗があった。

「……だ、め……こ、こんなとこで……っ」

「……困った奴だ。まあ、そこがよいのだが」

よかった。秋斗は内心ほっとしていた。微妙に中途半端な状況ではあるが、これ以上続けたら危険なのもわかっていた。だが、緩んだ帯を締め直そうとする手を帝に掴まれた。躊躇した瞬間、いきなり抱き抱えられてしまい、両足が床から離れてしまった。

「ちょ、陛下……っ！」

「案ずるな。清涼殿ならヒナに聞こえることもない」

「そ……それ、拙《まず》くない？　……んっ、うう……っ」

お姫様抱っこのまま、帝が精緻《せいち》な顔を近づけて接吻をする。初めての情事の相手にまで有無を言わせないところが、この人らしさだと思う。

「黙ってついてまいれ。今宵《こよい》は放さぬ」

「あの……っ、今夜のことは」

「ああ、わかっている」

誰も居ない渡殿に、天子の声が静かに響いた。

「今宵の遊戯《ゆうぎ》は、〝ただの気晴らし〟。そう言いたいのであろう」

「それは……」

「……それでもよい。よいのだ、秋斗」

真顔で呟いた帝の言葉が、なぜかしら耳の奥に留まる。

清涼殿にはまだ小さな明かりが灯っていて、御簾を開けた侍女が二人の姿を見てほんの少し驚いたが、言葉にはしなかった。

帝は秋斗を夜御殿《よるのおとど》と呼ばれる寝室まで運ぶ。その八畳ほどの小部屋の中で、帝が秋斗の衣を剝がしていく。「昔は着物を着たままで交わった」と何かで読んだが、それが全てとは思えない。もし相手に惹かれたなら、相手の全てを見てみたいと思うのはごく自然な欲望だから。

「……ひ、ぁっ……あっ、アアッ」

高灯台に照らされた小部屋に、濡れたような声が零れる。畳の上で脚を開かされた秋斗の股間に、鬢を乱した帝の唇が吸い付いている。同性からフェラをしてもらうのなんて初めてで、恥じらう気持ちに躯が煽られてしまう。

「……んっ、も……だ、めぇ……ッ」

「さあ、出してごらん、秋斗。素直に出しなさい」

「でも、お、……オレだけ……？」

「今宵はな。朕は焦るのは好きではない……もっと、おまえの躯を見たいのだ」

そう言って、帝が再び股間に顔を寄せた。でも、口を付けたのは膨らんだ肉茎ではなく、ったその脇にぶら下がっている陰嚢《いんのう》だった。そんな破廉恥《はれんち》な場所、誰にも触らせたことがなかった。

「んんっ、あっ……はぁっ……ッ」

無防備な袋の表面を舌先で舐められたら、即座にブルっと震えが来た。唇を寄せて吸い上げられたら、底知れず込み上げてくる快感に躯を貫かれ、気が変になりそうだった。

「もっ……ヤダ！　そこ、だ……め絶対……ん、アアッ！　いやあああーっ」

張り詰めたペニスの先を爪でコリコリされた瞬間、ついに限界を超えてしまう。白濁《はくだく》の汁が帝に掛かるのではと心配したのは、ほんの一瞬だけだった。

欲望の汁が放たれたあとは、ぐったりとして何も考えられなくなってしまう。気だるい躯を帝がそっと抱き抱えてくれる。大きな手で優しく顎先を包まれたら、甘酸っぱい気持ちのまま眠りこけてしまいそうになる。

「……でちゃった……」

「ああ。おまえのいやらしいモノが、部屋中に飛び散ったらしい。明日は掃除をするのが大変であろうな。おまえも手伝ったらどうだ？」

「そっ、そういう言い方……」

帝の相変わらずの物言いに、つい顔を背けてしまった。本当はそんなことしたくないの

に。

「どうだ、少しは気が晴れたか」

「……ん」

きっと、少しどころではないだろう。

「陛下……ありがとう」

自ら身体を預けて帝の逞しい首に抱きついた。帝のきれいな髪からは梔子《くちなし》の香りがした。

ほんの短い間二人はそのまま抱き合っていたのだが、たまりかねたように帝が熱いため息を吐く。大きくなった帝の息子を見て、秋斗は思わず笑みを零した。

「今度はオレね」と勝ち誇ったように告げて、分厚い胸板にキスをする。彼のように上手くはやれないだろうが、奉仕するのは臣下の勤めだ。

ただ、帝は最後の一線を越えることはなかった。それが何を意味するのか、気にはなったが考えないようにした。多分、月明かりに誘われて二人は『戯《たわむ》れた』だけなのだ。

滅多に見られないほど、美しい月だったのだから――――。

＊　＊　＊

（オレ、なんで……あんなことしちゃったんだろ……）

眠れない夜が終わって、普段通りの朝がやってきたが、心はまったく平常心を保てていなかった。成り行きとはいえ、天子さまとイチャついてしまったのだから動揺しても無理はない。おまけに相手は同性だった。そうした傾向に嫌悪を抱いたことはなかったし、むしろ同性だからわかり合える部分もあって、想像以上に興奮した。相手がとびきりイケメンで理想のタイプだったせいもあるだろう。

そうとも、正直昨夜は楽しかった。だが問題はこのあとだ。自分が後宮の女御なら「殿のお渡りが叶った！」と赤飯を炊いて喜べばよいが、生憎《あいにく》そうではない。

（オレ、どんな顔して陛下に会えば……）

何度もため息を吐く秋斗の傍らでは、清涼殿の侍女たちがテキパキと着付けを手伝っていた。女御が住む御殿とは異なり、ここの女官や侍女たちはみな清廉《せいれん》そのもので、一切無駄口を叩かなかった。昨夜の情事も知らないはずはないのに、皆知らん顔なのだ。

天子に仕える女性たちは皆、肝が据わっているとしか思えない……。

「秋斗」

着替えを終えてお茶を飲んでいると、同じく支度を終えた帝に声を掛けられる。

「朕はこれから北の行宮《あんぐう》に行かねばならぬ。おまえはまだゆっくりしていろ」

「ん……わかった、じゃなくてわかりました」

「なんだ。朕がいないと寂しいのか。精神年齢がヒナと同じだな」

「だ、だから、オレはっ」

寂しいのではなく、恥ずかしいのだ。言いたくなるのをぐっと呑み込む。

なぜならこうして会話をしているだけで、昨夜の淫らな情景が脳裏に浮かんできてしまうから。情熱的だった帝の甘い匂いや息づかいが、思い出されてしまうから。

(それに、イかされたのはオレばっか……だったよな)

夜明けまでに帝を屈服させるつもりが何のことはない。主導権を握っていたのは常に帝で、こらえ性がないのは自分だったのだ。どれだけ褥《しとね》を濡らしたことか、今思い返しても恥ずかしい限りで、穴があったら入りたい気分だった。

(はあぁ。やっぱ、オレって欲求不満なのかな。自覚がないだけで)

体育座りでモヤモヤしていると、近寄ってきた帝に頭をクシャッと撫でられる。烏帽子を付けていたのに、会う度にこうして外されたのでは、貴族の威厳すら保てない。

「先ほどから、ぼんやりしているな」

「あ……ちょっと、ひなたのことを考えてて」

「朕では満足出来なかったのか？　まだ、おまえの好みがわからぬゆえ」

「そそそ、そうじゃなくて！　その……」

「安心しろ。ヒナの機嫌ならとっくに直っている。子供とはそうしたものであろう」

「うん……」

「それとも、昨夜の営《いとな》みのせいでどこか痛むのか？　朕が性急に求めすぎたのか？　秋斗、今後のこともある。おまえが口に出さぬ限り、朕は改めようがないのだぞ？」

「ここ、今後っ!?　ですか……！？」

つまりこうした〝大人の関係〟を続けましょうってことなのか？　いや、彼は天子なのだから臣下に何を求めても許されるわけだが。面と向かって言われるとは思わず、露骨にたじろいてしまった。

「嫌なのか、秋斗。朕の責め方では物足りなかったか？」

「そ！　そういう……わけでは。でも、オレなんかより美しい女御が大勢いるわけだし、陛下はそろそろひなたに、妹か弟を作ってあげるのもいいかな……とか」

本心から嫌だとは思っていなかった。陛下は少し怒りっぽいけど、素敵な人だ。陽太丸と素直に向き合えるようになってからは、男前度も格段に上がった。でも、自分は所詮臣下で女御ではなかった。いずれは陛下も新しい后を迎えることになる。そうなった時、自分は平気でいられるのだろうか。男のくせに嫉妬したりしないだろうか。

そんな浅ましい考えが浮かんでしまうから、取り繕った言葉しか出てこなかった。

「もうよい、秋斗」

「えっ」

言い訳がましいと怒鳴られるかと思ったのに、帝の声はどこか寂しげだ。

「おまえが嫌なら無理にとは言わぬ。もしかしたら秋斗も朕と同じ気持ちなのかと期待したのだが、そうでないなら。朕の言葉は忘れるがよい」

「そ……陛下の言葉を忘れるだなん、て……」

秋斗を見つめた帝が淋しそうに笑った。スモーキークォーツの瞳が物言いたげに瞬くからすぐさま帝を抱きしめてあげたい衝動に駆られてしまった。

でも、どうしても一歩を踏み出せない。先の見えない不安に身体が縛られてしまう。

「よいのだ、秋斗」

逡巡する秋斗を気遣うように、玄龍帝は優しい声でのたまう。

「おまえは正直なのが取り柄だ。それ以外に取り柄はないゆえ、無理をしたり、朕に嘘を吐くことは赦《ゆる》さぬぞ？　よいな？」

「もう……取り柄がないのは余計です」

「言い返す元気があるなら、朕が案ずる必要はなさそうだな」

そうですねと苦笑して、どうにか場を乗り切ろうとした。

「今日は弘徽殿でヒナとゆっくりくつろぐがよい。行宮から戻ったら真っ先におまえたちの顔を見に行くつもりだ。そのくらいは構わないだろう？」

「もちろんです、陛下」

一歩前に進みでた帝に思いがけず唇を押し当てられた。柔らかな感触が全身を伝う。そこに淫らな情欲の匂いはなくて、ただ甘やかな香りのする〝苦《にが》さ〟だけが残った。

「陛下」

「どうした、秋斗」

駆けよって背伸びをして、帝の頬にキスをする。そうせずにはいられなかった。

帝はただ気晴らしをしたいだけなのに……それがたまたま自分なのであって、特別な好意を寄せられているわけじゃない。だいたい、問題ばかりおこす自分が今さら好かれるわけもない。ベッドでは身体の相性がよかっただけ。互いの欲望を満たすのに都合がよかっただけなのだ。

それでも、キスくらいは赦されると思いたい。

「では、行ってくる」

「……うん。行ってらっしゃい。気をつけて」

なるべく普段通りの顔で帝を見送った。北の行宮に行くのなら数日は戻らないだろう。

秋斗は烏帽子を被り直した。残してきた陽太丸が心配になり、弘徽殿に戻ろうとした矢先、急に母屋の外が騒がしくなった。複数の人間が慌ただしく乗り込んで来たのが、気配で分かった。

「そなたら、何者です！　清涼殿と知っての狼藉《ろうぜき》か！」

高位の女官が声を張り上げたが、御簾は強引に押し開かれてしまう。室内に踏み込んできたのは、弓矢を構えた近衛府の者たちだった。

「右近少将、刑部《けいぶ》の求めにより式部の少丞を捕らえに参った。邪魔立ては無用」

「刑部の？　……オレを捕らえに来たって……」

驚く秋斗に縄が掛けられた。わけも分からないうちに引っ立てられて、清涼殿を出る。

都の空には暗雲が立ち込めて、今にも雨が降り出しそうだった。

◆7　雨の牢獄と、悲しい出来事

松明《たいまつ》の明かりが灯る石牢の通路を、看守に連れられて歩いた。烏帽子は取り上げられてしまい、絹の直衣も粗末な麻の上下に替えられてしまっていた。これでは、時代劇に出てくる囚人の姿そのものだった。

「罪人は、ここで大人しくしていろ」

「お、オレは罪人なんかじゃ……わっ！」

木枠の扉を開けた看守が乱暴に秋斗の腰を蹴り上げる。よろけて地面に倒れそうになった時、ガチャンっと鉄製の錠が閉まる音が聞こえた。鍵が掛かったのを確かめると、看守は、「騒ぐなよ」と念を押すなり、秋斗を置いて帰ってしまった。

「どうなってるんだ、これ……」

辺りを見回すと六畳ほどの狭い小部屋に窓はないが、天井の近くに明かり取りの横穴が見えた。晴天なら光を取り込めるのに、今朝はあいにくの曇り空で役には立ちそうにない。

暗がりに慣れるまでの間、秋斗は地面に敷かれた筵《むしろ》の上で膝を抱えて座りこむ。

（どうして……今なんだ）

秋斗は今朝の出来事をもう一度、思い返してみた。玄龍帝は式部省からの奏上で、都の北にある《賀茂別雷神社《かもわけいかづち》》まで行幸《ぎょうこう》することになっていた。勿論、頼りとする左近少将も同行したはずだ。

その直後に右近少将が秋斗を捕らえに来た。同じ近衛同士、情報を共有していても不思議はないのに、どこか不自然に感じてしまう。

しかも、刑部（裁判所のような所）に連行されたあとが酷かった。罪人同様に縄を掛けられた秋斗の目の前には、粘土《ねんど》で作った「小太りの人形」が置かれ、胴体には文字が綴られていたが、秋斗にはその意味が分からなかった。

「これは何ですか」と尋ねると、役人は渋い顔で人形を指さして「きさまが右大臣を呪った証《あかし》だろうが！」と詰め寄ってきた。不気味な人形は弘徽殿の庭で見つかったとも言われたが、埋めたのは秋斗ではない。

一方、役人は弘徽殿の侍女が「主《あるじ》が埋めた」と証言したという。刑部がそれを認めたから秋斗は捕縛されることになった。午後になると事態は更に悪化。秋斗の唐櫃《からびつ》の中から皇后の姿絵が出てきたのだ。折しも右大臣の屋敷から「空き巣に入られた！」との届けが出ており、屋敷の侍従に確認させたところ、右大臣の妻の私物に間違いないとの証言が得られたらしい。つまるところ、秋斗には【呪詛《じゅそ》】を行った嫌疑と【皇后の姿絵】を盗んだ嫌疑の両方が掛けられている。

「なわけないじゃん。どうしてオレが……」

「これはこれは、朝露の君。石牢の居心地はいかがですかな？」

「……右大臣！」

予想外の客に思わず声が出た。

「呪詛を頼むのなら、もっとマシな陰陽師に頼みなさい。おかげで軽い捻挫《ねんざ》だけで済んだよ。私はそのヘボ陰陽師に感謝すべきかな？」

「オレは、呪詛なんて頼んでません」

「だが、証人もいるわけだからねぇ。刑部としては、貴殿を疑う他ないだろう。それとも、潔白《けっぱく》を証明する証拠があるかね？」

悔しいが、余裕綽々《しゃくしゃく》の相手に返す言葉が見つからなかった。右大臣が仕組んだに決まっているのに、それを証明出来なければどうしようもない。

「たかが下級貴族の分際で、私の顔に泥を塗るからだ。身の程を知り給え……と言っても、一生牢獄ではそれも叶うまい」

「……くそっ、ふざけるな！」

地団駄《じだんだ》を踏む秋斗を尻目に、右大臣が高笑いで去って行く。残された秋斗は冷たい筵《むしろ》の上にへたり込むしかなかった。


（……ひなた、ちゃんとご飯食べてるかな……）

石牢に入れられてから五度目の朝が来た。外はずっと雨模様で、空調システムのない牢の中はとにかく湿気が凄かった。水と粥《かゆ》だけは与えられたが、布団なんてものはない。別室のトイレに行く時は必ず縄で繋がれて、まるで人扱いされなかった。

だが、良いこともあった。牢に入った最初の夜に宇月が来てくれたのだ。

刑部に上がった訴状は正式なもの。牢から出すのは無理だが、厳しい取り調べは玄龍帝が行宮から戻るまで見送る方針で決まった。これについては「食あたりの皇太子を救った」秋斗の功績が大きかった。香子の姉の中務少補も、熱心に朝廷に働きかけてくれたと聞いた。

差し入れの粽《ちまき》は看守に横取りされたが、四郎がくれたお守りだけは取り戻すことが出来た。四郎が言うには「肌身離さず」付けないとお守りの効果がないという。

（それって、ホントかな……）

半信半疑だが、せっかくの好意を無にすることも出来ないので首に掛けた。そういえば、玄龍帝が〝陰陽師の護符〟をバカにしていたのを思い出した。「何の役にも立たぬ」と言い切ったのは、方違えのことを言ったのかもしれない。あの日、帝は陰陽道の《方違え》を重んじて古寺に向かった。でも古寺に行かなかったら、逢い引きの現場を目にすることもなかったのだ。

「式部の少丞。出ろ」

思索にふけっていると看守に声を掛けられた。疑いが晴れたのかと尋ねたら看守は首を横に振った。牢を出たあと、紫宸殿《ししんでん》まで連行するという。

出られると聞いて安堵したが、紫宸殿に呼び出される意味がわからなかった。内裏の中心とも言える紫宸殿を自由に使えるのは、天子しかいない。だとすると玄龍帝が北の行宮から戻ってきたのだろうか。神社への参拝も取りやめて。

陛下にならば、自分の無罪を信じてもらえる自信があった。曲者《くせもの》の右大臣を安易に庭に通したのは自分のミスだが、それも階級社会ではやむを得ない。

――――右大臣に恨まれていることを、くれぐれも忘れないように。

左近少将がせっかく助言してくれたのに、好意を無にしたことを後悔した。自分が逮捕されたことで何かと噂されるだろう玄龍帝と陽太丸には、心から詫びるしかないと思う。

でも、やってない罪を認めるのは無理だし、陛下もきっとわかってくれる……。

頭の中で何度そう繰り返しても、不安は消えなかった。真っ黒な雨雲が都の空を覆うように、秋斗の心も黒く重くなっていった。


ざあざあと、冷たい雨が滝のように降ってきた――。

紫宸殿には着いたが、秋斗は中に入ることを許されなかった。だから、白砂の庭に敷かれた筵の上で跪《ひざまず》いている。身体を屈めてひれ伏すのではなく、両膝を地に着けて膝立ちの姿勢を保つのだ。これを「長跪《ちょうき》」と呼ぶ。この姿勢は最大級の「謝罪」「屈辱」を意味していて、しばしば罪を犯した者への懲罰に使われていた。その状態でどのくらいの時間が過ぎただろう。全身ずぶ濡れになりながらも、秋斗はひたすら玄龍帝を待っていた。

紫宸殿の蔀戸《しとみど》からは仄《ほの》かな灯りが零れるものの、中の様子は見えなかった。雨のせいで身体はどんどん冷えてくる。震えに耐えていた時、ようやく一つの御簾から人が現れた。

（……陛下！）

願うように見上げたが、立っていたのは右大臣だ。彼は酷薄な笑みを浮かべたのち、満足げな顔で去って行った。

「秋斗」

その時、蔀戸の向こうから玄龍帝の声が聞こえた。彼の声を聞くだけで安心出来た。自然と力が沸いてくるようで、身体の震えさえも消えていく気がした。

「そのままで、聞くがよい」

御簾から出てきた帝はひどく青白い顔をして、まるで別人のように覇気《はき》が無い。それでも秋斗の正面まで歩いてくると、精緻な顔を崩すことなく唇を動かし始めた。

「式部の少丞、小野の暁人」

「オレ……ですか？」

「其方《そち》は臣下でありながら、朕が任じた公卿《くげ》を呪《のろ》ったと聞く。まさに死をも怖れぬ大罪であり、屋敷で盗みを働いたことも同様である」

「陛下……オレは」

――――雨の音がうるさくて、よく聞こえない。

「よって明朝、都を出るよう命じる。期限は卯の刻までとする。以上だ」

――――都を出ろって言った？　まさか冗談だろ？

「そんな……オレ、呪詛なんてやってません！　何かの間違いです！」

「衛兵」

庇に控えていた見張りの兵に、帝が告げる。

「日が暮れるまで見張ったのち、この者を牢に戻すように。水も食事も一切、与えるでない。よいな」

それはまるでドラマか何かを見ているようで「現実感」が伴わなかった。なぜって、自分は無実だからだ。そんなこと、玄龍帝が一番よく知っていると思っていた。自分は確かに無茶をする。口が悪くて反抗的で救いようがないのも自覚している。

でも、呪詛なんてしない。誰かを呪うなんて、そんな陰険な作戦を立てるくらいなら、相手を殴りに行ったほうが、よほどすっきりするだろう。そういう愚直な性格を、帝はよく知っているはずだ。

「陛下、オレに時間をくださいっ。オレ、無実だって証明してみせるから！　だから、三日でも四日でも……一日だっていい！　お願いですから、オレを信じて！」

濡れ髪が額に貼り付くのも構わず大声で叫んだ。でも、帝の冷酷な表情が和《やわ》らぐことはなかった。

「都を出るように。朕は天子ぞ。有無は言わせぬ」

「うそだ……そんなの、嘘だ！　まともな審議《しんぎ》もやってないのに、そんなの勝手だよ！」

母屋に踵を返そうとした帝が、ふと立ち止まる。微かな希望を抱いて秋斗は待った。彼が、自分を助けてくれるのを。

「陛下……そう、でしょう……？」

すると帝は中に戻るのを止め、庭先まで進み出た。階段の手前までやって来ると、黒の束帯で片膝を着きながら、濡れ鼠の秋斗の顔を伺うような仕草をする。

「秋斗」

「……なに……」

「――――朕を、困らせるでない」

そう呟いた天子が哀しげに秋斗を見たから、わかってしまった。それはほんの一瞬だったけれど、現実を理解するには十分な長さだ。

自分は玄龍帝を困らせている。これ以上ないくらいに。今までやらかした失態《しったい》なんて、屁でも無いと思えるくらいに。

（そっか。オレ、しくじったんだ……）

当たり前のことに心を抉られた。

あれが右大臣の罠だったにせよ、嵌まったのは自分だった。

左近少将から忠告を受けていたにも関わらず、油断して墓穴を掘ってしまった。これまでも自分は法を破ってきたのだろう。慣習を無視したのは一度や二度ではないはずだ。それなのに、ずっと庇ってもらった。花宴では挽回《ばんかい》のチャンスをもらったし、弘徽殿にも入れてもらえた。たいして役にも立たない臣下に、帝はいつだって恩情をかけてくれたのだ。

（……それなのに、オレは……）

知らずと目頭《めがしら》が熱くなる。ぽろぽろと涙が溢れ出すのを止めることも出来なかった。

勅命《ちょくめい》で都を出たなら帰京は叶わないだろう。大好きな人たちとテーブルを囲む機会はもう二度と訪れない。それでも彼を困らせたくないと思った。これ以上、あの人の重荷にはなりたくなかった。

世界で一番不遜《ふそん》で無愛想な天子さまは、ずっと一人だったから。

愛する妻を失っても、一人で耐えてきたのだから――――。

「あーくんっ！」

「朝露の君ぃいぃ！」

（宇月さん……四郎も……）

渡殿から二人がダッシュしてくるのを見て、秋斗は慌てて涙を拭った。帝の姿はもう無かった。秋斗は、都を出ることを秘密にすると決める。もし宇月が知ったなら、陛下と揉めるのは火を見るより明らかだ。

「あーくん、雨の中、何やってるの！」

「風邪引きますよって！　止めなはれ！」

階段を駆け下りる宇月を、槍を構えた衛兵が止めようとしたが、

「邪魔立てするなら、後ろに控えてる陰陽師に言って、おまえたちの家を呪ってやるからな！　全員、覚悟しろ！」

「ほんまでっせー。わい、こう見えても陰陽寮の次官ですよって」

（いや……だから、陛下の命令なんだってば……）

冷や冷やしながら様子を伺っていると、衛兵たちは顔を見合わせ、一斉に宇月と距離を取り始めた。天子さまの勅命より《呪詛》のほうが恐ろしいとは知らなかった。

「宇月さん、オレは平気だから。そろそろ、牢に戻れるみたいだし」

「牢に戻るだって？　そんなの駄目だよ！　僕、兄上に掛け合ってくる！」

「そうですわ。やっとこさ、師匠と連絡が取れたのに、あんたはんに寝込まれたら、わい

の立場がのうなりますわ」

「え、師匠って、例の護符を作った天才陰陽師さん？」

「へえ。何でも、朝露の君には【大事な話】がある、ゆーて。数日中には都に戻ってくるはずですわ」

「そっか！　助かるよ、四郎！」

だが自分は明朝、都を出なければならない。不思議な夢の話や無くした記憶について詳しく話を聞きたかったが、それも諦めるしかなさそうだ。

「二人とも、ほんとに、ありがとね」

「……ん？」

そこで勘の鋭い宇月が、ぴくっと眉を寄せた。

「あーくん。何か隠してない？」

「はい？」

「絶対、怪しい。いつもなら《あの仏頂面の変態天子め！》って兄上のこと、ちょー責めるのに、全然怒ってないよね」

「えと……それは、オレが大人になったと言うか……」

「あ、あああー！　あーとっ！」

（ん？）

懐かしい声が耳の奥をくすぐる。振り返ると、侍女を引き連れた陽太丸が紫宸殿の庇を懸命に走ってくるのが見えた。

「ひなた……」

やがて階段に辿り着くと、一段一段小さな身体を揺らしながら下りてくる。でも、一番低い段まで来ると陽太丸の動きがピタリと止まった。《白い子猫事件》の時も、その先には進めず、玄龍帝にこっぴどく怒られていた。

「……！」

でも、今回は違った。陽太丸のまん丸の瞳が、見たこともないくらい強く輝いている。

「……うにゅー……えい、やあっ！」

「おおおおお――――っ！」

掛け声と共に陽太丸が一気に庭に飛び降りた。紫宸殿の庭が驚きと歓喜の声で溢れていた。撥ねた泥がどれだけ掛かろうが、陽太丸は気にも掛けなかった。

「あーとっ……はゃしゃま！　まあま！」

「ひな……ひなたっ！」

冷たい雨が降りしきる中、胸に飛び込んで来た子供を思い切り抱きしめてやる。

「偉かったね。頑張ったたね。もう、お庭は平気だね」

「ん……へいちっ……」

「よかったな。これでパパを見返せるぞ？」

「ん……ぱあぱ、まあま、いっちょ！」

「うん。一緒にいよう。これからも、ずっとだぞ？」

「……ヒッ、びええ～～まあま！　まあま！」

「父上、母上、パパとママか。たくさん言葉を覚えたね、ひなた」

泣きじゃくる陽太丸の髪を、何度も何度も撫でてやった。

この子と別れるのは、死ぬほど辛い。

この子に恨まれるのは、もっと辛いだろう。

でも、もう決めたことだった。自分がそうであるように、あの人も辛いのだと思う。誰だって相手が嫌がることなどしたくはない。やがてあの人は自分のことなど忘れてしまう。でもそれで構わない。どうせ記憶を失った半端者だ。大切な二人の重荷になるよりはずっとマシなのだ。

＊＊＊

卯《う》の刻《こく》――つまり、朝の七時までに都を出るよう命じられたが、秋斗は夜明けと共に出立するつもりでいた。空が明るくなり始めると、身支度を整えて看守を呼ぶ。

昨日、牢に戻ると、新しい衣服と僅かばかりの携帯食が用意されていた。それは絹の直衣ではなくて、直垂《ひたたれ》と小袴という庶民が着る服だった。黒っぽい小さな帽子も添えられていた。

思い返すと、紅蓮池から助け出されたあとは、ずっと内裏で過ごしていた。絹の着物や食事を与えられて、ほぼ不自由のない生活を送っていたのだ。でも今日からはちがう。宇月にも四郎にも頼れない暮らしが始まるのだ。陽太丸の顔を見ることも叶わない生活が。

覚悟を決めて、旅支度をした。お守り袋も身に付けた。

このお守り袋だけが、秋斗と内裏を結ぶ最後の品になってしまった。

上から通達が回っているのか、看守は秋斗を見ると無言で扉を開けてくれた。一礼して外に出た秋斗は、大内裏の北西の《上西門》を目指して歩く。大内裏を出たら、京の都のさらに西を目指そうと思っていた。有名な寺に一度立ち寄ってみたかったから。

(でも、オレの足で行けるのかな……バスもタクシーも、ないんだっけ?)

ふと思い出して、ため息を吐く。

平華京は空気が澄んでいて平穏だが、ひどく不便な場所でもある。それでも秋斗は歩かなくてはならない。立ち止まると陽太丸の笑顔を思い出してしまうからだ。思い出したら最後、どこにも行けなくなってしまう。

そうしたら、また、玄龍帝に迷惑を掛けてしまう……。

(そんなの、ダメだ。辛くても、諦めなきゃ!)

「朝露の君!」

「うわ!」

だが、上西門を抜けた雑木林で、誰かに腕を掴まれた。

「宮殿を出てはなりません。すぐに、お戻りを」

「え……あなたは……」

「以前、桐壺御殿にお邪魔した、兵衛府の者です」

「ああ、あの時の!」

言われてすぐに思い出した。お腹が空いたからと、仕事を放りだして桐壺の台盤所を漁っていた男だ。あれ以来、見かけたことはなかったが陽太丸の恐怖症を気に掛けてくれたこともあり、たまに思い出してはいた。

「あの、どうして、貴方が」

聞き返しながら不思議に思う。なぜならこの場所は《兵衛府》の管轄ではなかった。

「右大臣の呪詛の件なら、私が無実を証明してみせます。ですから、貴方は宮中に隠れていてください。馬が必要なら、私の馬をお貸しします」

「……まさか、事件の真相を、ご存じなんですか？」

「とにかく、戻ったほうがいい」

「でも……」

衛兵の話を確かめたいとは思う。でも、これは玄龍帝が下した勅命だ。もし勅命を破ったとなれば、自分は元より兵衛府の彼も厳罰を免れ《まぬが》れないだろう。

と、次の瞬間――――。

ヒヒィーンと、馬のいななきが聞こえたと思うと騎乗した数人の男が、秋斗の目の前に現れた。しかも、その中にはなんと！　お腹が出っ張った右大臣も含まれていた。

（うそ！　あの人、馬に乗れるんだ！）

驚く秋斗の目の前で、右大臣が侍従の助けを借りながら馬を下りる。

京の都と聞くと、牛車を思い浮かべるのが普通だが、平華京では天皇の行幸に騎乗兵は欠かせなかった。数が少なくても馬は兵力になり得るからだ。端午の節句でも、騎射《うまゆみ》や競馬《くらべうま》が行われていた。平華京は海外交易が盛んだから、質の良い馬を買い付けるくらい朝飯前なのだろう。

「衛兵。こそこそと、そこで何をしている。朝露の君をさらって新羅《しらぎ》の闇商人に引き渡すよう命じたはずだが、忘れたか？」

「それは……っ！」

「オレをさらって……新羅に売る？　はあ？」

とんでもない計画に目が点になった。右大臣に嫌われているとはいえ、人身売買の対象にされるとは予想もしなかった。一方、隣の男に向き直ると悔しそうに歯ぎしりをしている。事件と関わりがあるのは間違いないが、秋斗の敵でもないらしい。

（でも……ヤバいよ）

相手が手勢を率《ひき》いているのに対して、秋斗の見方は衛兵だけ。まあ、普通にやりあっても、勝てる見込みなど一ミリもないのは自明の理だ。だが、その時、南の方角から馬のいななきが聞こえた。振り向くと、白馬に乗った長身の男がこちらに駆けてくるのが見えた。

薄紫の直衣を着て、背には長い矢筒。左手に大きな弓を携えながら、もう片方の手で自在に手綱《たづな》を操る勇姿は、男の秋斗が見ても惚れ惚れするものだった。

「陛下！」

思わず声に出していた。玄龍帝が駆る白馬の隣では、武具をまとった左近少将が栗毛の馬を走らせていた。二人に続くのは宮中きっての精鋭部隊だ。「公家はひ弱で、蹴鞠くらいしか出来ない」なんて負のイメージは、戦国時代以降の地方武士が作り上げた『デマ』のように思えてくる。

「秋斗、こちらへ！」

「は、はいっ」

呼ばれた秋斗が、玄龍帝のいる方に駆け寄った。秋斗の後ろに兵衛の男が続く。雪のように白い愛馬から下馬した帝は、憤怒に満ちた眼差しを右大臣に向けた。

「藤宗公よ。先ほどから、この者たちを問い詰めていたようだが」

「……べっ、別に私は」

「いや。こんな所でこそこそと、いったい何をしているのか。朕もぜひ、知りたいものだ。続きは、刑部で聞かせて頂こう」

思わず後ずさる右大臣を、だが、数名の近衛兵が取り囲む。玄龍帝は本気で右大臣を詰問するつもりだ。ただ、右大臣のような悪漢は悪知恵だけは働くもの。他国に売られそうになったと秋斗が証言しても、御託《ごたく》を並べてその場を凌《しの》ぐに決まっている。

それに天皇と大臣が正面からぶつかると、政務に支障を来すんじゃないのか？

玄龍帝にしても、右大臣が曲者なのは理解している。簡単に排除できるなら、そうしていたはずだ。だが国を安定させるには右大臣の力が必要で、仕方なくバランスを取りながらやってきたのだ。だったらこれ以上、事を大きくするのは……。

（……そうだよ。オレはどうにか無事なんだから）

自分は平華京を去ると決めたのだ。陛下に一目会えただけで、それでもう十分だ。

「……あの、陛下、オレは平気……い、痛っ！」

その時、後ろから「グー」で後頭部を小突かれた。振り向くと、つんと取り澄ました左近少将と目が合った。

「本当に、あなたは、世話が焼ける」

◆8　大切なもの、大好きな人たち

「本当に、あなたは、世話が焼ける」

「……なっ、グーで殴るな！　痛いだろ！」

「泰之、そのくらいにしておけ」

呆れた様子の玄龍帝が短く言葉を挟む。不満げな秋斗を視界に留めたのち、帝は私兵に囲まれた右大臣の前に進み出た。

「それで藤宗公はなぜ、秋斗を捕らえようとする。よもや、朕との約束を反故にする所存では、あるまいな」

「……」

右大臣は、ばつが悪そう言い淀むが、今ひとつ状況が理解出来なかった。

「……約束って、なに」

「ああ。それはですね。右大臣家としては〝金輪際、朝露の君には手を出さない〟ということです。都を出ようが出まいが関係ない」

「お、オレ？」

「案の定これだ。都を去れなどと……陛下がどんなお気持ちでいらっしゃったか、どーせあなた、わかってないですよね？」

「そ、そうなの？」

少将につい聞き返してしまったが……右大臣との約束だの、陛下の気持ちだの、展開が早すぎて思考が追いつかなかった。眉間に皺を寄せた瞬間、兵衛府の男が「無実を証明する」と言っていたのを思い出した。彼は何かを知っているのだ。だから、自分を捕らえたりせず、大臣から逃がそうとしてくれた――。

「ね、兵隊さんっ……」

後ろを向き直ったその時だった。

「……うわっ」

背後からいきなり押さえ込まれて、首にギラリと光る短刀を突きつけられてしまう。

「ちょ……なんで！」

「朝露の君、動かないで。貴方に恨みはありません」

「恨みはないって……危険なことしてるの、そっちじゃんっ！」

男に言い返してみたが、相手はどうやら本気らしく、秋斗を放そうとはしない。

「きさま、何者だ！」

左近少将が相手を威圧しようと試みたが、それ以上は手を出せない状況だ。そんな中、玄龍帝が一人、男の前に進み出た。少将が止めるのを振り切って。

「朕のものに手を出すとは、きさま、命が惜しくないのか」

「あの、オレ……物ですか」

「秋斗は黙っていろ！」

高座から怒鳴られてしまい止むなく口をつぐむ。毎度の事とはいえ、怒鳴られるのは本意ではない。それに帝の背後の兵たちは一様に弓を構えていた。彼らはいつでも兵衛の男を射ることが出来るのだ。そのことが秋斗を一掃不安にさせていた。

「で、でも……この人、オレの無実を証明できるって」

「なんだと？」

「えと……あの、陛下……少し時間をくれませんか？　オレ、この人を説得してみるから。だって、右大臣と違って悪い人には思えないって言うか」

「秋斗。おまえという奴は……っ」

苛立ちを募らせた帝が、一際大きなため息を吐く。

「この私が、息をするのも苦しいほど心配してやっているというのに。おまえはなぜ、朕の心が分からぬのだ？　この〝うつけ〟の愚か者が！！」

「え……そこまで言う……」

分かってはいた。怒鳴られると分かってはいたが、どうして自分が叱られるのだろう。ナイフを突きつけられて窮地に陥っているのは自分なのに。しかも帝はなぜか、必要以上に顔を赤く染めていた。まるで大好きな相手に告白する少年を見ているようだ。

「……私の〝妹〟にも、そう言って欲しかった」

兵衛の男が、悲しげにそう呟いた。

「でも、陛下は私の妹を！　陛下を心から慕っていた容子《ようこ》を、お見捨てになった！」

（この人の妹？　ようこって……）

「……あっ」

次の瞬間、ドンっと身体を押し出された。秋斗がよろける間に、短刀を握った兵衛の男が、帝を刺そうと突進する。

（ダメだっ、そんなの！）

咄嗟に二人の間に飛び込んだ。身体が瞬時に反応していた。ボディガードの左近少将も同じだった。彼と数人の衛兵が帝を引き摺ってでも刃から遠ざけようとしていた。流石だ

と思ったし、嬉しかった。少将ならこの先何があろうとも、陛下と皇太子を守ってくれるだろう。自分が案じることなど何もない。

背中に焼けるような痛みが走った。刃物で刺されるなんて初めてだった。

「どうして、あなたが……っ」

うつ伏せに倒れた姿勢で顔を上げると、捕縛された兵衛の男がひどく辛そうに秋斗を見ていた。あの男も『悲しみ』を背負っているのだと漠然と思った。

「秋斗！　秋斗！　目を開けろ、あきとっ……」

玄龍帝がすぐ傍に居るような気がしたが、思い過ごしだと言い聞かせた。だって都を出ろと言ったのは、あの人なんだから——。

まあ、それでもいい。彼が無事で陽太丸が無事なら他のことはもういいよ。

「……師匠！　はよお、こっちですって！」

遠くで四郎の声がした。

「師匠っ！　ああもう！　そやから、わい、馬にしよー言いましたやろ！」

そう言えば、四郎にもらったお守りは役に立っているのだろうか。身に付けろと言われたから首に掛けたのに、このザマでは、まるで意味なしだ。

あれこれ疑問は尽きないが、意識が薄れるのと同時に、秋斗は考えるのを止めた。

＊　＊　＊

目を覚ますと、そこは白い壁に囲まれた病院の病室だった。ただし、ベッドに横たわっているわけではない。なぜなら、備え付けのパイプ椅子で眠りこけている父が真正面に見えていたからだ。

白いシャツに濃紺のブレザーは父の出社スタイルだが、驚いたことに無精髭《ぶしょうひげ》を生やしている。あの、きれい好きの父が……。よほど親身になって付き添っているのだろうが、ベッドにいる病人が誰なのか、ここからではよく見えなかった。頭も身体も包帯だらけで、点滴まで打たれているから、大怪我を負ったのかもしれない。

その時、青白い炎に包まれた〝玉〟のようなものが視界に飛び込んできた。深夜、食あたりで倒れた陽太丸を見つけてくれた人魂に似ている気がする。その人魂は病人の上をゆらゆらと漂っていたが、やがて空中で制止した。その小さな炎が、ゆっくりと人の形へと変化していく。

（そんな……うそだろ……っ）

人魂に見えたものは「純白の直衣」に烏帽子を被った美しい青年に代わった。しかも、色白の物憂《ものう》げな貴公子の面立《おもだ》ちは、平華京の自分に瓜二つだった。

でも、すぐに分かった。あれは別人だと。自分の仕草はあんなに上品ではないし、匂い立つほどの色香など、がさつな自分には無縁のものだ。

（でも、どうして人魂が……それに、ここは夢の世界のはず……）

考え込んでいると、物憂げな貴公子がこちらを見ながら静かに微笑んだ。何かを伝えようと唇を動かしていたが、彼の声は聞こえなかった。これが夢なら、あれこれ不可思議なことが起きても仕方が無いだろう。

言葉が伝わらないと気付いたのか、貴公子は一人寂しそうに俯いてしまった。すると次の瞬間、彼のほっそりした身体が薄絹のように透け始めた。半透明になった青年の身体がふわりと宙に浮かんだと思うと、仰向けの状態でベッドの病人に重なっていった。まるでホラー映画の「幽体離脱シーン」の逆バージョンを見てるようだった。

しばらくして、ベッドで寝ていた病人の唇が微かに動く。声を聞きつけたのか、パイプ椅子でうたた寝をしていた父が飛び起き、ベッドに駆け寄った。

『あ、き、と』と何度も呼びかけているのが、唇の形からわかった。患者は起き上がれないが、両手を動かすことが出来た。伸ばした手を父が強く握った。ハラハラと涙を流す父の姿を、自分はただ呆然と眺めていた。

（じゃあ……病院に運ばれたのは、オレ？）

欠けた記憶を見つけたかもしれない。クリスマスを間近に控えたあの日。自分は右折車両に撥ねられて、道路に叩きつけられてしまった。それでも「生きたい！」と願っていた。

だが、現実には目覚めたのは『病院』ではなかった。

目が覚めると、そこにはガスも電気も通っていなかった。源氏物語のような世界で《朝露の君》と呼ばれたが、そのイメージには疑問符が付いた。思った事をすぐ口に出すような感情過多の自分が「儚《はかな》い」わけがなかった。でも、「朝露の君」という名はさっきの貴公子にピタリと嵌まった。美しいけれど、消え入りそうに儚げな人。手折ってはいけないのに、つい手折りたくなる花のような人。

（……ってことは、彼が本物の『朝露の君』とか？）

だが、もしそうなら、なぜ彼は病院にいたのだろう。どうして自分は父に会えずにいるのだろう。まるでわけが分からない。それとも、これはただの夢？

分からなすぎて頭が割れそうに痛くて、それで――。

「まあまッ！　まあま！　おっき！」

「いてっ……ほっぺをペチペチ叩いたら、ダメだろ、ひなたぁ……」

「ま……まあまっ！」

「おい！　秋斗！」

「ん……？」

高灯台の温かな光の中。最初に目に入ったのは、大きく見開かれた陽太丸の瞳だ。目が合うと、陽太丸は泣きそうな顔で飛びついてきた。幼い皇太子を宥めようと身体を動かすと、背中に鈍い痛みが走った。

「そういえば……オレ、刺されたんだっけ」

「はい」

そう答えたのは、玄龍帝に仕えている初老の侍医だ。真綿の高級敷き布団の近くには、陽太丸と医師の他に、玄龍帝も控えていた。帝は誰よりも疲れた顔をして、そのくせ、横になっている自分を心配そうに覗き込んでくるから、目のやり場に困ってしまった。

「幸い傷は深くはありません。恐らく、相手もひるんだのでしょう。ですから、こちらもそれほど縫わずに済みました。殺すつもりはなかったのかと」

「そう、ですか……それで犯人、いえ、兵衛府の男はどうなったんですか？」

「刑部の取り調べも終わったから、今は牢の中だ。警備も万全を期してある。右大臣とて、易々《やすやす》と手は出せまい」

「右大臣？」

「ああ。あとできちんと説明するから、今は身体を休めなさい」

「……うん」

秋斗は玄龍帝の言葉に頷いてみせた。男の素性はよく知らない。兵衛府の男としか知らなかった。だが、彼が右大臣と繋がっていたのは、雑木林の会話から察しが付いていた。

その彼が、今は右大臣から狙われている。だとすると、右大臣は裏切られたのだ。

あの男は『呪詛の無実を証明する』と言ってくれた。恐らくは重大な証拠を掴んでいたのだ。取り調べの場でも、奴らに不利な証言をしてくれたにちがいない。

「やっぱり、悪い人じゃなかったんだ」

「おまえな。自分が刺されたのを忘れたのか？」

にやついていると、玄龍帝に嫌味を言われてしまう。

「だいたい、奴とはいつから知り合いなのだ。第一、桐壺御殿に不審な男が侵入したのなら、朕に一番に報告するのがおまえの務めで……っ」

「ぱあぱ！　めっ！」

「なっ」

帝の膝で甘えていたはずの陽太丸が、父親をビシッと叱りつけた。愛らしい皇太子は、いつだって秋斗の味方でいてくれる。それってすごく心強い。

（……あ、れ？）

ふいに視線を感じた。ややあって白い口髭を生やした小柄な文官が、御簾を引いて母屋を出ていくのが視界に映った。

「陛下。今しがた部屋を出た人、四郎の師匠ですか？」

「四郎の師？　ああ、陰陽頭だな。おまえのことをいたく心配していた。傷が癒えたら心置きなく話すとよい」

「うん、そうする」

陰陽頭とは陰陽寮の長官で、陰陽師の中でも最も霊力が高い者とされていた。そして彼こそが、紅蓮池に身を投げた《朝露の君》を救うよう宇月に依頼した人物でもある。彼はきっと疑問に答えてくれるだろう。でも、真実を知るのが怖いとも感じる。この世界には、うやむやにしておく方が良いこともたくさんある。

「もう戌の刻（夕方の七時）か。皆の者、ご苦労であった」

鐘の音を聞いた玄龍帝が、柔らかな声で続けた。

「朕からも礼を言う。暫しの間、家族だけで過ごしたい。外してはくれぬか」

「御意」

「少丞殿には薬湯と、なにか消化の良いものを届けさせましょう」


「あの、陛下？」

「なんだ」

「もし手が空いてたら、身体を起こすの、手伝ってもらえませんか」

「なんだと？」

清涼殿の文机で本を読んでいた帝がうざったそうに顔を上げる。陽太丸は彼のそばで身体を丸めてうとうとしていた。

「えーと、オレの背中側に枕を積んでくれたら、それを背もたれにして座れるかもって。まあ、この畳に〝電動背上げ機能〟が備わってるなら、別なんですけど」

「……おまえの言うことは、さっぱりわからぬ」

文句を零しながらも、帝は秋斗が身体を起こすのを手伝ってくれる。半身を起こしたら、寝ていたはずの陽太丸が嬉しそうに飛びついてきた。元気な皇太子の口数が減ったのは眠気のせいかもしれなかった。

「無理をするでない」

「……べ、別に無理なんか」

「朕に腹を立てているのだろう。都を出ろと言われたせいで」

「……怒ってなんか、ないです。ほんとに」

「秋斗。朕を責めたいなら責めるが良い。朕はおまえを傷つけたのだから」

長い睫を伏せながら帝が言う。そんな帝に苦笑いで応えた。

「出て行け」と言われた時はショックだった。自分は結局その程度なのだと情けなくもあった。だが帝がそうしたのは、右大臣の魔手から自分を遠ざける策だった。だから怒ってなどいない。むしろ、ありがたいと心から感謝している。

そう素直に伝えるべきだろうか。もしこの人が誤解しているのだとしたら。

「陛下、オレ……」

「ぴあの、とはどういう楽器なのだ」

「え?」

「さっき、寝言で言っていた。《ぴあの》がどうとか」

「ぴー、の？」

「ああ、《ぴあの》だ」

いつの間にか、玄龍帝の顔がすっかり「父親」の顔になっているのに気付いた。この人はもう大丈夫だ。大事な息子を追い詰めるような寂しい父親に戻ることはない。

二人が答えを待っているようだから、秋斗は少し考えてから話し始めた。

「ピアノは弦を使って音を出すから……琴に似ているけど、実は打楽器なんだよね。何十本と張られた弦を小さな槌《つち》で叩いて、音を響かせるんだ」

「小槌で？　そんなことをして、楽器が痛まないのか」

「にょか？」

「あ……」

それを聞いて思わず笑いを堪えてしまった。確かに槌で叩くなんて聞くと物騒《ぶっそう》な話に思えてしまう。帝が疑問に思うのは無理もない。

「だよね。単純な仕組みのオルガンと違って、ピアノが出来たのは近世だし。あの複雑な構造を再現するのは無理だけど、木琴なら……オレにも作れそうな気がする」

「もっ……ちん？」

せてあげるね」

「うん。木と琴の字を合わせて『木琴』って書くんだ。完成したら、ひなたに一番に弾か
「んっ！　ひにゃ、いちばあ！　……ふにゃふぅ……」

元気よく手を上げたと思うと、陽太丸はもう秋斗の膝で寝息を立てていた。帝が目配せすると、控えていた侍女が小さな皇太子をそっと抱き上げ、奥の間へと運んでいった。

「もしも、この世界にピアノがあったら……」

一瞬、ショパンの英雄ポロネーズが頭の中で響いた。躍動的な曲の調べを思い出すうちに、〝無いはずの鍵盤《けんばん》〟を指が叩いていた。

「陛下にも聞かせてあげたいな。オレのピアノ」

古琴も横笛も好きな楽器だ。でも、一番練習したのはピアノだった。

「オレね、こう見えて結構、ピアノ弾けたんだからね。オレのファンだって言ってくれる常連さんもいたりしてさ」

忘れていた思い出が走馬灯《そうまとう》のように駆けた。初めてピアノ発表会に臨んだ日のこと。たいていは両親が駆けつけてくれたが、秋斗には母がいなかった。その分、父と祖母が張り切ってくれた。祖母などは小学生では食べきれない量のアイスクリームをお土産に持たせてくれて、家のグランドピアノの前で飽きるほど写真を撮ってくれた。

「平気か、秋斗」

「うん。ごめん……オレさっき、懐かしい夢見ちゃって……」

堪えようとすればするほど、涙が溢れ出てしまう。

理由なんて知らない。でもあの世界にはもう戻れないと、そんな気がしてならなかった。白と黒の八十八個の鍵盤の上を十本の指が踊ることはない。ショパンのピアノ曲もツェルニーもアニメの主題曲も、もう二度と弾くことはできない気がして溜まらなく怖くなった。

「そしたら、急に胸が苦しくなってきて……ピアノ、弾けたらいいのに、とか……そ、そんなの……無理……のにっ……ヒック」

涙が溢れて止まらない。泣き濡れた顔を見られるのが嫌で思わず両手で顔を覆ってしまう。そんな秋斗の手を帝が退けた。息が掛かるほどの距離に身体を寄せると、涙でいっぱいの顔を大きな手で包まれる。そんな帝から、ありったけの口吻《キス》を受け取った。何度も啄まれてうっとりするような昂揚に躯が震え出す。

「泣くなと言っても、おまえは泣くのだろうな」

この人が好きだとようやく気付いた。それは、陽太丸を好きだと思う気持ちとはまた別のものだ。横暴な態度に苛つきながらも心はこの人を追っていた。それはいつからだったのだろう。古琴の弦を切られたあの時から、本当は惹かれていたのかもしれない。

気付かないふりを、していただけで。

「おまえが刺されたと知った時、朕は冷静ではいられなかった」

「……んっ」

帝の艶やかな声が心にじんわり染みてくる。

「出来ることなら朕がかわってやりたかったし、もしそれが叶わぬなら、この世を呪おうとさえ思ったのだ。この天子たる朕がだ。わかるか？」

「うん……っ」

「だが、こうして朕のもとに戻ったからには、もう何処にもやりはせぬ。茨の茎で檻を作り、その中におまえを一生閉じ込めておきたいほどなのだ。わかるか？」

「う、ん……オレ……っ」

「秋斗……」

涙が頬を伝うのを、温かな舌でそっと舐められた。帝の唇がほそい首筋を這っていく。吸い上げられて熱い吐息が、部屋の中に零れ落ちた。鎖骨に歯を立てられたら、思わず腰が揺れてしまった。

「……す、すまぬ。朕としたことが」

背中の傷を気遣う帝が不安げに秋斗を覗き込む。

子供みたいに狼狽えるこの人が、心底可愛いと思えた。この人に会えてよかったと心からそう思う。天子でなくても好きなった。たとえ、この人が案山子《かかし》に生まれ変わったとしても、自分はきっとこの人を好きになるだろう。それは永遠の〝呪縛〟のように思えるけれど、尽きることのない〝希望〟にも思える。

「秋斗、よく覚えておくのだ。おまえが泣くと胸が張り裂けんばかりに痛む。政《まつりごと》など誰かに任せて、この腕にずっとおまえを抱いていたくなる。このような気持ちになったのはおまえが初めてだ」

「陛下……ヒック」

大好きだと伝えたい。あなたのためなら、何でもするよと伝えたい。なのに今は嗚咽《おえつ》が止まらなくて何度も頷くしかできなかった。

「おまえが夢で見たものを、朕は与えてやることが出来ない。もしおまえが夢の世界に戻りたいと望むなら、それが真に叶うなら朕は黙って行かせるしかないだろう」

そう言って帝が秋斗の肩を抱き寄せた。背中の傷に障らないようそっと。

「だがよいか、秋斗。忘れてはならぬ。もしそんな日が来たら朕はヒナに位を譲っておまえを追いかけよう。贅沢な暮らしも捨てておまえを追う。おまえが朕を忘れてしまっても構わない、それでも朕は……」

語り続ける帝の形の良い唇を、唇で塞いでから涙を拭った。臆病な小猿みたいに顔が赤らむのはどうしようもなかった。帝は弾かれたように瞬くと、淡いスモーキークォーツの瞳を輝かせながら小さく笑った。そんな「悩殺的」な微笑みに息をするのも忘れてしまいそうだ。

「オレも……そうします」

「……まことか」

「絶対、まことです。オレも、陛下を追いかけるから」

「フッ、無理をするでない。朕は、正直でいろと申したであろう？」

「……も、うっ！　ほんとだって！」

髪をクシュっと撫でられてしまい、つい唇を尖らせた。背中の傷が疼いてきたので秋斗は再び布団に横になる。帝は一歩も動かなかった。ずっと手を握ってくれるのが嬉しくて、秋斗はしばらくの間寝たふりをしたくらいだった。

翌日、玄龍帝は《兵衛の男》について教えてくれた。

帝を傷つけようとした男は、今は亡き皇后の「双子の兄」だとわかった。一方、皇后の実家は双子の存在を知らなかった。厳密には、父親だけが知らなかった。

中世においては、双子は『忌《い》むべき存在』だ。村に双子が産まれると「畜生腹《ちくしょうばら》」と揶揄《やゆ》された。庶民がそうなのだから、貴族にとってどれほどの恥辱《ちじょく》かは、容易に察しが付くだろう。

結局、生まれてすぐに兄は寺に捨てられたのだが、運命の悪戯か、兄は自身の素性を知ってしまった。妹に一目会いたいと願った兄は、宮中に上がるコネを探すうちに右大臣と出会ってしまった。

そこで右大臣は早々に計画を立てた。皇后と生き別れた兄との【密会】を計画し、実行した。買収されたとも知らず陰陽師に言われるまま古寺に寄った帝は、二人の仲を誤解した。兄弟の再会を「不義《ふぎ》の関係」だと思い込んだ。

二人の顔はよく似ていたので、普段の玄龍帝なら気づけたかもしれない。だが、皇后を思っていた帝は冷静さを欠いていたし、実家の名誉を重んじた皇后が秘密を明かさなかった事も、結局は事態を悪化させてしまった。

妻と仲違いをしたまま、帝は妻を失った。一男《いちなん》を授かったが、帝は実の子にさえも心を閉ざしてしまった。右大臣は当然喜んだ。帝との不仲を利用して皇太子を廃《はい》することも出来るし、皇后の後釜に息の掛かった女御を送り込むことも可能だ。もっと言うなら、妹を失った兄をたき付けて復讐心を煽り、帝を亡き者にすることも可能になったのだ。

だが、そこに秋斗が現れた。皇太子や帝の目を引く秋斗は、右大臣にとって目の上の瘤《こぶ》。しかも縁談を拒否されて面目を潰された恨みもあった。秋斗を陥れることは、すでに計画のうちだった。

だが、皇太子に好かれている秋斗に、兵衛の男が興味を抱いた。そこで右大臣には内密に、秋斗に会ってみることにした。それが《内裏内、不審者侵入事件》だった。あれは兵衛の男が〝裏世界の者〟に金を払って仕組んだ茶番だったそうだ。

秋斗と話した兄は、次第に右大臣を疑うようになった。右大臣から聞いた話と、自分が見聞きした現実に齟齬《そご》が生じたのだろう。だから秋斗を助けようとした……。

そんなわけで、兵衛の男が母の形見について語ってくれたのには理由があったとわかった。彼にとって陽太丸は、血の繋がった「大切な甥《おい》っこ」なのだ。

◆9　みんなの未来と、虹の彼方に

帝の勅命で都を去ろうとした日から、二週間ほどが過ぎた。

都では「端午の節句」が催《もよお》され、黄丹袍《おうにのほう》に邪気除けの菖蒲鬘《あやめかずら》(冠に菖蒲《しょうぶ》の葉を結んだもの）で群臣の前に進み出る皇太子を、秋斗は舞台袖から満面の笑みで見守った。

また、秋斗を迎え入れるために、清涼殿には少しばかり手が加えられることになった。秋斗との同居を帝が提案した際、天子の私室に特定の女御を置くのは内裏の決まりに反するが、同性ならよかろうという流れであっさり決まった。

予定図には、秋斗が望んだ子供部屋や琴スタジオが付け加えられている。勿論、国庫を使って改築する以上、秋斗は民に恩返しをするつもりだ。

例えば神社の催しにライブ出演するだとか、小さな子供たちに「木琴」や「古琴」を教えて回るとか。音楽という娯楽あるいは芸術が、平華京で暮らす人々の癒やしになればいいとそんな風に考えている。

一方、兵衛の男がどうなったかというと、彼は大陸に向かう船に乗り込んでいた。唐の国で専門技術を習得できたら、再び都に戻ってくるという。その時は皇太子に会えるよう取り計らうと、玄龍帝は約束してくれた。

そう、兵衛の男には何の〝刑〟も言い渡されなかった。なぜなら『罪状』がないからだ。彼の悪事を暴こうとすると、右大臣が関与した事を公《おおやけ》に晒すことになる。「すべて不問に付せ」との玄龍帝の提案を、右大臣は呑むしかなかったというわけだ。

そして今、秋斗は玄龍帝や陽太丸と共に禁苑《きんえん》に来ていた。紅蓮池がある庭園だ。

この場所を選んだのは四郎が師と仰ぐ陰陽頭の保名《ほしな》で、坊主頭に白い顎髭を生やした姿は「雲の上の仙人」そっくりだった。保名の話によれば〝式部の少丞〟は飛鳥時代の朝廷に仕えた「巫族《ぶぞく》」の末裔《まつえい》であり、陰陽師も顔負けの強い霊力を備えているという。

――じゃあ、あーくんも陰陽師になれるってこと？

――師匠、いくらなんでも、突飛すぎまっせ！

――ん？　それよか、巫族ってなに。

などなど……外野がこぞって騒ぎ立てたのはさておき。平華京では『巫族』という言葉はほぼ死語だった。巫族は特殊な能力を備えた一族だが、唐から「陰陽道」が伝わると、その役割を「陰陽師」に取って代わられたと考えられる。陰陽寮が国の行政機関なのに対して、巫族はいわゆる〝影の組織〟だ。公式な資料すら残っていないのでは人々から忘れ去られるのも無理からぬことだった。

一方、紅蓮池の異変を神託で知った保名は式部の少丞の調査を開始し、そこでようやく少丞が使ったと思われる『太古《たいこ》の護符』を発見するに至ったらしい。保名が都にいなかったのはそうした理由からだった。

「けど、オレ、霊感なんてないけど」

「おまえ、人魂を見たと朕に言わなかったか」

帝に斜に睨まれたが、紅蓮池で溺れる前の記憶は残っていないから、当然、太古の護符を使った記憶もなかった。だが、記憶が戻らないのも護符のせいだとしたら……。そこで、保名が策を講じることになった。特殊な陣で「内裏を包む気の力」を清めるという。

「では、始めましょう」

保名の合図で全員が、庭の一角に描かれた魔法円の中に入った。お守り袋を出すように言われて、三人が従った。なるほどお守りというのは、この儀式に必要なパーツだったらしい。袋の中身が何かは、あえて聞かないことにする。

「それでは――六根清浄、急急如律令……」

円の中心で老人が呪文を唱え始めると、円の周囲に冷気が流れ始める。

「ああ、小野町秋斗とやら」

ふいに、老人が秋斗の本名を呼んだ。

「もうお気づきかもしれませんがの。朝露の君の《魂》は今ごろ、ヨコハマとやらにある、そなたの身体に宿っておりましょう。そなたの魂が、この平華京にやって来たように」

（え……ま、まさかそれって……）

だが、会話はそれ以上続かなかった。周囲に白い霧が立ち込めて何も見えなくなったから。ややあって目を開けると、見知ったショッピングモールが現れた。

広場にはクリスマス・ツリーではなくて巨大な「門松《かどまつ》」が飾られている。正月ムード一色のフロアを家族連れが歩いている。それは無音の巨大なスクリーンを見ているようで、音も声も聞こえない。手を伸ばしても届かないし、通路を歩くことも出来なかった。

そこで秋斗は懐かしい〝家族〟を見つけた。大きな買い物袋を抱えて歩く父だ。笑顔の父の隣には冬物のコートを羽織った自分がいた。でも何かが違った。秋斗はくすんだ色は好きではない。冬はダウン派だから堅苦しいコートもクローゼットにはなかったはずだ。

不審に思っていた時、コートの美青年がスクリーン越しに秋斗を向き直る。

「あ……朝露の君？　も、もしかして、きみが……」

思わず声に出していた。すると色白で華奢な青年は花のような笑みを浮かべて「ア・リ・ガ・ト・ウ」と唇を動かした。「ありがとう」と――。

その微笑みはとても美しいのに、どこか寂しげで秋斗の心を締め付ける。その時、秋斗は彼の気持ちを知ってしまった。理解してしまった。

朝露の君は敬愛する〝帝〟を救いたかったのだ。古寺の事件のあと、気持ちがすれ違ったまま最愛の妻を失ってしまい、彼女を追い詰めた罪悪感から息子とも向き合えずにいる帝。寂しくて孤独な国王。彼は何とかして〝帝〟を救いたかった。

そんな時に秋斗を見つけた。姿形が瓜二つだからか、それとも秋斗が事故に遭うのを知っていたからか、本当の理由まではわからない。でも己の魂を犠牲にすることで、彼は秋斗を平華京へと導いた。太古の護符とは『転生』を促す護符だったのだ。あの青白い人魂も彼の呪術か何かにちがいない。

結果、玄龍帝は皇太子のよいパパになった。亡き皇后への誤解も解けた。右大臣をやり込めて都の平安を保った。これらは全て〝朝露の君〟が望んだことだったのだ。

（それじゃあ、これで終わりなのか？　きみは……きみはどうするんだ？）

人混みに消えていく親子を目で追いながら考えた。自分の代わりに父の傍にいてくれるのは、心の底から有り難いと思う。妻も息子も失うなんて、そんな淋しい思いを父にさせるのは耐えられそうにない。

でも彼だって故郷が恋しいはずだ。彼が心から慕う〝帝〟はそこにはいないのに……。

（えっ？）

その時、魔法円の中の玄龍帝がふわりと浮き上がり、川の水に流されるかのようにスクリーンに向かっていくのが見えた。得体の知れない不安に襲われる。もし帝がスクリーンの向こう側に行ってしまったら、もう二度と会えないような気がした。

（そうか……陛下は）

思い出してはっとした。帝は「夢の世界」に興味を持っていた。民の暮らしを豊かにできる知恵や技術を欲していた。だとしたら、あの煌《きら》びやかな〝文明社会〟に心が引き寄せられるのも無理からぬことかもしれない。

「でも、一生檻に閉じ込めるって言ったじゃん！　オレを絶対に離さないって……ずっと抱きしめたいって……陛下、そう言ったじゃん！」

声を限りに叫び続けた。向こう側には〝朝露の君〟がいる。帝を救ったのは彼だった。陽太丸を救えたのも彼のおかげだ。真の功労者は〝朝露の君〟なのだから、帝が彼を選ぶのは正しいのかもしれない。でもそんなの嫌だ、絶対に嫌だ。

帝のいない世界では、生きていける気がしないのだ。

「陛下！　お願いです、行かないで！」

もう二度と陛下を困らせたりしないから、だから！

「おい、秋斗！」

「まあまっ！　まあま！」

「……ハッ」

強く身体を揺すられて気が付いた。背中がゴツゴツして地面の上で寝ているのだと気付く。驚いて立ち上がると、いきなり帝に抱きつかれた。力強い腕に背中ごと抱きすくめられて息をするのも苦しいほどだ。

「朕はどこにも行かぬと言っただろう。こんな〝うつけ〟を置いて行けるわけがない」

「だ……だって……」

「朕とヒナは、半時も前に目覚めたというに……心配を掛けおって！」

「陛下……」

ああ、この人はここに居る。それだけでほっとして心が温まった。そんな風に感じたのは父を除いて帝が初めてだ。

「秋斗」

真顔で見つめられ、心臓がトクンと鳴った。

「朕の名は〝仁春《きみはる》〟だ。仁愛《じんあい》の仁に、季節の春と書く」

「陛下、それって」

本名は他人に教えないのが、平華京のルールのはず。

「小野町秋斗。朕の妻なってはくれまいか」

「へっ？」

「というより、妻になりなさい。天子の勅命だ。有無は言わせぬ」

「そ……それって……」

「な！　なにが可笑《おか》しいのだ、このうつけ者がっ！」

クスッと笑った秋斗を玄龍帝が叱りつけた。でも、そんなプロポーズは初めてだから、歓喜せずにはいられなかった。

「うん、なります。あなたの妻にしてください」

「当たり前だ」

フンっと鼻息を荒げた帝に抱き寄せられて、広い胸に顔を埋める。白髭の陰陽頭に抱っこされた皇太子が、その様子をキラキラした瞳で見つめていた。

その刹那、秋斗の目の前に街の雑踏が現れた。まるでドローンに掲載されたカメラのように風景が流れていく。懐かしいマンションの一室をカメラが捉えた。ズームすると見慣れたダイニングテーブルの上、父が料理した具沢山《ぐだくさん》の雑煮《ぞうに》に目を丸くしながら箸を取る《朝露の君》をリアルに感じた。耳を澄ましたら二人の会話が聞こえるようだ。

「おい、秋斗っ」

「えっ」

「まーま？」

　さっきの光景は何だったのか。

　隣を向き直ると、仙人みたいな風貌の保名が人懐っこい笑みを浮かべていた。もしかすると自分にも『巫族の血』が流れているのだろうか。もしそうなら、異なる二つの世界を、一瞬でも繋ぎ合わせることが出来るかもしれない。

　そうだ。いつだって夢見ることを諦めてはいけない。

　仏頂面の天子に肩を抱かれて禁苑を後にする。秋斗の左手には幼い皇太子の右手がしっかりと繋がれている。

　ピーチクパーチク、遠くでヒバリの声が聞こえた。西の空に大きな虹を見つけた陽太丸が「こちゃ！」と愛らしく呟いた。

◆終章　平華京と、愛すべき天子さま

（暑い――夏の内裏って、どうしてこんなに暑いんだ……？）

月が変わって、今は旧暦六月。新暦でいうなら七月だった。壁のない寝殿造りは風通しがよいものの、四方を山に囲まれた「平華京」はとにかく暑かった。今、秋斗は〝扇風機〟の有りがたみを痛感していた。あれを発明した電気技師はマジで天才だと思う。

「ダメだ……帽子なんて被ってられないよ」

来客がないのをいいことに烏帽子を脱いだ。弘徽殿の冷たい床の上で「木琴」用の図面を改良していると、誰かが庇を歩いてくる気配を感じた。

「なんだ。また、そんな格好でいるのか」

短髪頭で袴の裾をまくり上げている秋斗を見て、帝の直線的な眉がピクリと動いた。今日の袍の色は黄みを含んだ絹鼠色《きぬねず》だ。明敏《めいびん》で覇気に満ちた玄龍帝には黒や赤のはっきりした色が似合うけれど、絹鼠の柔らかな色合いがさながら優艶《ゆうえつ》な貴公子のようで、たまにはこういうのもいいな、なんて思ってしまう。

「だって暑いから」

「ハッ、今日は涼しいほうだがな」

呆れた口調で責められたが、気にしないことにする。帝だってエアコンの快適さを知ったなら、きっと同じセリフは言えないだろう。

「ヒナは、兵衛府の修練所に行ったのか」

「うん。ひなたは動物好きだから、馬が駆けるとこを見たいんじゃないかな。高階先生も一緒だから、きっと大丈夫だよ」

秋斗は動かしていた手を止めて、緑が眩しい庭に目をやった。

修練所は大内裏のすぐ近くだし、一緒に行くと言ったのに陽太丸は一人で行きたがった。あそこは矢が飛び交う場所だ。剣と剣がぶつかり合う音も聞こえる。陽太丸が興味本位で弓に手を伸ばすのを、秋斗は思わず咎《とが》めてしまった。怪我をするのではと案じたからだが、案の定、あの子はつまらなそうに唇を尖らせてしまった。

大きくなるにつれ、子供は自立しようとする。自分の道を選ぼうとする。それをどう見守ってやればいいのか考えると、子育ての難しさを痛感してしまう。

「修練所か。ふむ、そういうところは、朕とよく似ている」

ぽつりと呟いて仏頂面の天子さまがほんの一瞬、満足そうに破顔する。案外親バカな一面もあるのだと、秋斗は心の中でほくそ笑む。

「ところで、おまえの喜びそうな話を持って来たのだが、時間はあるか」

「うん、木琴作りは急ぐ仕事じゃないからね」

「では、まずは着替えを。軽めの狩衣がよいだろう。烏帽子も被るのだぞ？　よいな」

「……はーい。被ればいいんでしょ、かぶりますぅ」

生返事で床から立ち上がる。平華京の男が髪を伸ばしているのは儒教の影響で、それは唐の国も同じだけれど「寝るときでも帽子を被る」なんて文化は日本だけに違いない。

七面倒な話だと訝りながら、秋斗はとびきり薄い狩衣を探しに行った。


「うわあ！　凄いよ！　これって、本物だよね！」

帝と共に松林にやってきた秋斗は思わず声を上げた。

この広い林は《宴松原《えんのまつばら》》と呼ばれ、内裏の真西に位置している。広さも内裏とほぼ変わらないというから相当な面積になる。だが、秋斗は驚いたのは〝松林〟ではなく林の中から現れた円形状の移動式住居、いわゆる大型テントだった。

構造はシンプルで、まず直径六メートルほどの円の中心に二本の柱を立てる。壁には菱格子の木枠をぐるりと巡らせ、その上に円錐状の屋根を乗せる。一番高い位置には天窓を嵌め込み、それを柱が支えるというものだ。中は意外に広くて、ベッドもテーブルも置けるようになっている。

「陛下、これってゲルでしょう？　いや、ゲルはモンゴル語だから……パオかな？　それともユルト？」

「おまえ、これが何か知っていたのか？」

「うん。大陸の遊牧民が古くから使う幕舎《まくしゃ》だよね。前に、父がフライト先から模型を送ってくれたんだ。ちっちゃいのにリアルなやつ。でも、本物を見るのは初めて！」

秋斗がまくしたてると、帝は少しがっかりした顔をする。

「……知っているはずのことは知らなくて、知らないはずのことを知っているのだな。おまえは本当に、おかしな奴だ」

（あ、そうか……）

秋斗を驚かせようと帝が陰で苦心したことに、今になってようやく気付く。

「オレのために用意してくれたんだよね。オレ、嬉しいです。ありがとう、陛下」

「別に、おまえのためなどではない」

不遜な天子さまは、照れると決まって偉そうな顔をする。

「入るぞ。さっさと来なさい」

はいと返事をして、秋斗は思わず笑みを溢しながら仁春の後ろを歩く。テントの扉を開けると、さらに驚くことが待っていた。

「わ……なにこれ……ちょーきれい！」

玄関口に散りばめられたのは瑞々《みずみず》しい睡蓮《すいれん》の花。白やピンクの睡蓮を浮かべた水瓶が、天幕に覆われた室内に鮮やかな〝初夏の涼《りょう》〟を醸し出していた。

「秋斗、少しは涼しくなったか」

「うん。エアコンもないのに部屋の空気がひんやりして……しかも睡蓮の花がこんなにたくさん……オレ、マジで感動してる……」

「では、骨を折った朕に、対価を払ってもらうとしよう」

「へ？　対価？」

嫌な予感がして二、三歩退いたがムダだった。

「ちょっと、陛下！　……仁春!?」

あっという間に横抱きにされて、悦《えつ》に入った仁春の自慢げな顔を見せつけられてしまう。

「もうっ」

「文句を言うでない。おまえも朕の誠意に応えたいであろう。朕が赦す」

含み笑いの天子に抱かれてテントを奥へと進む。重ね箪笥のように見えたのは、木製の天蓋付きベッドだ。しかも天蓋から吊された無数の紐の端では白や水色のトンボ玉がキラキラと輝いていた。

「おまえとヒナはいつも一緒だからな。こういう機会を作らねば、朕の躯が干あがってしまうではないか」

「そーゆーの、誠意じゃなくて〝下心〟って言うんですっ！」

文句を言うと、そっと寝台の上に下ろされた。強く抱き寄せられたら、甘やかな光を湛える美しい双眸に心を鷲掴みされてしまう。

「スモーキークォーツだ。仁春の瞳の色」

「おまえが言うと、まるで呪文のように聞こえる」

「そうだね」

嬉しくなって、引き締まった口元についキスをした。すると即座に甘いキスを返されてしまう。初心な少年少女のように何度も唇を啄んだ。唇に飽きたなら瞼の上にキスをする。

仁春は驚いた顔をして、秋斗の瞼を舌先で舐め回してきた。まるで無邪気な子犬みたいに。

くすぐったくて躯を離すと、より強く抱きしめられてしまう。もう何処《どこ》にも行かせないと、仁春の力強い腕がそう秋斗に伝えている。

「その呪文で朕を虜《とりこ》にしたのなら、即刻、罰を与えねばなるまい」

「もう、すぐふざける……んっ、ぁ……」

感じやすい首筋を舌で舐め上げられたら、艶やかな吐息が溢れた。耳朶を口に含まれたら、淫らな衝撃に全身がわなないた。躯の芯がゾクゾクしてきて何も考えられなくなってくる。湧き上がる欲望に蓋をするなんて、一秒だって出来そうになかった。

「愛している、秋斗」

「オレ……も……う、うぅ、んんッ……」

互いを奪い合うように唇を重ねた。深く差し入れられた舌体が抜かれるたび、くらくらと目眩がして目を開けていられなかった。

「……ふ、……あっ」

「おまえが欲しい。構わぬか」

「……ん」

単の薄絹一枚だけを残して互いの着物を剝がしあう。冠り物も取り払ったら、仁春の後頭部に丁寧に結われた漆黒の髻が現れた。解こうとした手を絡め取られる。押し倒されて乗りかかられると、心臓が破裂するほどドキドキした。

そう言えば、背中の傷のせいで干あがる寸前だったのは仁春だけではないと思い知らされる。その証拠に、股間に生えた小さな茎が、ゆるゆると淫猥《いんわい》な熱を帯び始める。

「……あ、アアっ……」

秋斗の股間に顔を埋めた男が、半勃ちの茎をおもむろに口に含む。根元を強く吸われると途端に躯が反り返ってしまう。逃げられないよう腰を掴まれ、さらに強く扱かれた。仁春にされているのだと思うと、さらに躯が昂ぶってくるから恥ずかしくて仕方なかった。

「や……吸うの、だ……め……」

「いつぞやの月の夜は、朕にされて悦《よろこ》んでおったであろうに。忘れたか？」

「あ、あ、れ……は、……んっんっ……はぁっ」

否定しようとしたら、あっけなく亀頭にしゃぶりつかれた。感じやすい先端を舌先でつつかれたら、ピク、ピクンと腰が跳ねてしまう。

忘れもしない。あの夜は〝酒〟の力を借りたのだ。酒のせいにして心のままに求め合えたが、今はしらふだ。どうしたって恥ずかしさが先に立ってしまう。

「あっ……んんっ、そこ……ッ」

「もっと欲しいのか。わがままな奴だ」

「ちが……んっ、ん、はあっ……あっ、や……だっ」

掌でギュッと掴まれて上下に激しく扱かれた。強すぎる刺激に躯がジンジン震えてきて、否が応でも意識があそこに吸い寄せてしまった。

「や、だ！　き、仁春……そんな、し、たら、出ちゃう……ん、アアッ」

悲鳴と一緒に欲望が吐き出されると、甘い眠気に誘われる。でも天窓のおかげで辺りは明るい。帝の下着をびしょびしょにしたのは、自分の白濁だと丸わかりだった。

「ごめん……陛下の単《ひとえ》が……」

「構わぬ。おまえのものを汚いなどと、朕は思わぬ」

慰められて赤面した。行為の最中に慰められるのも初めてで、もうどうしていいかわからない。すると、楽しげな様子の仁春に顔を覗き込まれてしまう。

「それより、秋斗。朕のモノも慰めてはくれまいか」

「え……っ」

「なんだ、その顔は？　この前は平気だったのに、今さら照れるとは」

「……だから、あの時はオレ、かなり酔ってたし……それで、その……」

「では、咥えずともよい。舐めるだけ。それでどうだ？」

「や、やってみます……」

そうだ。あの時は調子に乗っていた。辺りが暗かったのも幸いした。

でも今は、この人の逞しい雄がはっきりと見える。恐る恐る顔を近づけて、そっとキスをする。大丈夫だと思ったら舌の先で舐めてみる。仁春のそれは本当に立派で緊張しちゃうけど、でも悦ばせたいから思い切って口に頬張った。

「……んっ」

仁春の腰が淫らに動いた。押し殺したような喘《あえ》ぎ声に、秋斗の躯も欲情する。口に咥えたまま上下すると溜まらないという風に、仁春の股間がヒクヒク動いた。

「……ん、はっ……ッ」

上手くやれてるか自信はないけど、仁春が感じてくれているだけで気持ちが昂ぶった。ずっとずっと愛してあげたい。そんな風に思っていたら、仁春の茎がびっくりするくらい硬さを増していた。驚いて顔を上げたら、前歯がカリっと亀頭《きとう》の部分に触れてしまう。

平気かなと思った次の瞬間、仁春の欲望がはち切れてしまった！

「ごご、ごめんなひゃいっ……オレ、加減とか……わかんひゃくて」

口の中に溢れた蜜が、だらしなく垂れ落ちていく。仁春はそれを単で端でぬぐってくれる。あらかた拭い終わると、優しく唇を寄せてくるから、つい泣きそうになってしまった。

「……おまえという奴は、なんと愛らしいのだ」

「仁春……」

　本当に穴があったら入りたい。

「朕を急かせた罰として、おまえを咬ませなさい」

「咬むって？　えっ、え？」

　呆けている間に背中向きにされ、帯で後ろ手に腕を縛られた。布団に押し倒されるのと、仁春に乳首を吸われるのが同時だった。

「い、や……あ、あぁっ……痛っ」

「痛いから、よいのであろう」

　吸っていると思うと、歯を立てられる。前歯でキュッと挟まれたら、乳首の奥がジンっと疼いた。男でもこんなに感じるなんて、全然知らなかった……。

「あっ、あっ……ああ！　ん、ううっ」

　二本の指で執拗に弄られる。抗おうとしても両手は縛られたままだ。もう嫌ってくらい腰を揺らしても仁春は赦してくれない。恥ずかしいことに、拘束されていることにも興奮を覚えた。喘ぎ声が高くなると、今度は手で口を押さえられてしまう。

「うう……う、ううっ……、ふ、うっ……っ」

　口を塞がれたまま、くぐもった声がテントに漏れた。そんな自分の声にさえも欲情してしまって、自身の雄《おす》が愚直にいきり立つのを止められない。

「おまえは、なんといやらしく喘ぐのだ。そんなにいやらしくされたら、この朕でも……我慢がならぬ……」

抱き起こされて帯を解かれた。相手の広い胸にぐったり寄りかかると、一瞬抱きすくめられたけど、また押し倒されてしまう。真剣な様子の仁春に大きく脚を開かされた。覆い被さられ、腰を持ち上げられたと思うと、臀部の割れ目に節くれ立った指を入れられた。

「……ひっ」

「そう怖がるでない」

「だ……って」

「おまえ。本当に、処女《しょじょ》なのだな」

「そ……それって、どーゆー意味ですか……っ、んっ」

ぬるりとした感触が、蕾の入り口に広がる。オイルを使ったのだと勘でわかった。

仁春の行為は優しくて、敏感な蕾を傷つけないよう、ゆっくり指を挿れてくれる。ほぐされると次第に恍惚感に包まれた。

「ふあ……なんか、気持ち……いい……」

でも、次にやって来たのはさらに大きくて硬いものだ。

「き、仁春っ」

「秋斗……力を抜きなさい」

「ん……」

言われるままに彼のものを受け入れた。物凄い圧迫感に何度も悲鳴をあげそうになった。

「少し入ったぞ」

「うそ……あ……っ」

強引に下半身を揺すられて、溜まらず仁春に抱きついた。

「あっ、おく……入るっ……入って……！」

「ああ、もっと奥まで朕を味わいなさい」

「や、あ、あっ、き……来て、仁春……っ」

「朕のもの……秋斗。おまえは朕のものだ……んっ」

二人して躯を揺らし合い、差し入れあって、確かめ合った。

二度と手放してはいけないものが、この世界には存在する。でも自分はそれを知らずにいた。その確かな〝存在〟に巡り会えたこと、それこそが奇跡なのだと思う。

「……出ちゃう……オレ、も、我慢でき、ない……っ」

「ふっ、やはり子供だな……つっ」

そうかもしれない。だって、貫かれるなんて初めてなんだから！

「おねが……い、仁春、きみはるっ！　イ……かせて……っ」

「ああ……朕もそう、しよう……ン、ああっ」

「あ、あっ、ヤだ、い……ふあ……う、あああッ！！」

「あき……と……ッ」

炸裂したあとは、もう抱き合うだけだった。

秋斗を子供扱いしたくせに、仁春はもうぐったりして、今にも眠りこけそうだ。

「……なにを笑っている」

「……何でもない」

「嘘を吐け。また朕をバカにしたであろう」

「してません……てば」

言いながら、やっぱり笑ってしまった。二人のこんな姿を左近少将が見たら、何て言うだろう。また深いため息を零すのだろうか。

「ヒナは、泰之に迎えに行かせた」

「え、そうなの？　じゃあ、誰が陛下を守るんですか」

「幕舎の周りに、どれだけの衛兵を立たせていると思うのだ。このような林の中でおまえの色っぽい喘ぎ声を聞かされて、さぞかし驚いたことであろう」

「え……はあぁっ？　うそでしょ？　ねえ、それって絶対、嘘だよね！」

飛び起きて、天子さまの厳《いか》つい肩をグーで小突いた。平華京の夏はまだまだ続く。

陽太丸と何をして遊ぶか考えながら、秋斗は仏頂面の夫の頬に優しく接吻した。

あとがき

こんにちは、初めまして。ありか愛留《あいる》です。

この度は当方の拙作《せっさく》をお読みいただき、誠にありがとうございました。

「平華京物語《へいかきょう》」は平安時代を元にしたお話です。平安時代といえば「源氏物語」や「陰陽師《おんみょうじ》」を思い浮かべる方も多いはず。それゆえ、資料には事欠かないだろうと思っておりましたが、調べ始めて驚きました。平安時代って、資料が少ない!

宮女が着る着物や、宮中の日用品の詳細を知りたくても、本当に少なくて、おまけに私たちが目にする「綿」や「蝋燭《ろうそく》」などが国内生産されるのは、なんと室町《むろまち》時代以降でした。それまでは、隋《ずい》や唐《とう》からの輸入に頼ってたんですね。そんな【未知の世界】に突然、転生しちゃった主人公って……いやあ、秋斗《あきと》には心から同情しました。

でも、秋斗の周りにはポジティブ思考の宇月《うづき》や香子《かおるこ》、お調子者の四郎《しろう》に、超絶かわいい陽太丸《ひなたまる》が付いてるから、大丈夫! そんな風に思いながら、筆《ふで》を進めておりました。

加えて、秋斗の恋のお相手の《天子《てんし》さま》。玄龍帝《げんりゅうてい》は無愛想で横柄《おうへい》で、ちっとも笑ってくれないキャラなんですが、最後まで俺様でいてくれて嬉しかったです。俺様って最強。そんな攻めに、毎回、強気で挑んでいく秋斗も大好きです。そして帝《みかど》を慕いながらも、秋斗と入れ替わりで現代に転生した「朝露の君」。正直、彼のことはいつも頭の中にありました。台詞はほとんどありませんが、この物語を最初に紡ぎ始めたのは、やはり「朝露の君」なんですよね。いつか、彼が幸せになる話を書きたいと思います。番外編になりますが、構想はなんとなくあったりします（笑）。

美麗この上ないイラストを描いてくださった、みずかねりょう先生。本当にありがとうございました。キャララフを見た瞬間に、ハートを射貫かれました。特に玄龍帝。また、これでもかというくらい設定を詰め込んでしまう私に、的確なアドバイスをくださる担当さま。心より感謝しております。いつもハラハラさせてすみません。最後に、本書を手に取ってくださった読者の皆様に、重ねてお礼申し上げます。「このあと○△はどーなるの？」といった質問や感想など、ぜひ編集部までお寄せください。

また次の作品で、皆様とお会い出来ますように。

ありか愛留

セシル文庫をお買い上げいただき、ありがとうございます。
この本を読んでのご意見・ご感想・ファンレターをお待ちしております。

☆あて先☆
〒154-0002　東京都世田谷区下馬6-15-4
コスミック出版　セシル編集部
「ありか愛留先生」「みずかねりょう先生」または「感想」「お問い合わせ」係
→EメールでもOK！ cecil@cosmicpub.jp

セシル文庫

平《へい》華《か》京《きよう》物《もの》語《がたり》 ～転生したピアニスト、プリティ皇子のママになる～

2023年 12月 1日　初版発行

【著 者】　ありか愛留《あいる》
【発 行 人】　佐藤広野
【発 行】　株式会社コスミック出版
〒154-0002　東京都世田谷区下馬 6-15-4
【お問い合わせ】　- 営業部 -　TEL 03(5432)7084　FAX 03(5432)7088
- 編集部 -　TEL 03(5432)7086　FAX 03(5432)7090
【ホームページ】　https://www.cosmicpub.com/
【振替口座】　00110-8-611382
【印刷／製本】　中央精版印刷株式会社

乱丁・落丁本は、小社へ直接お送り下さい。郵送料小社負担にてお取り替え致します。
定価はカバーに表示してあります。

ISBN978-4-7747-6517-4 C0193

セシル文庫